JN111330

我輩は清掃人じゃ

ホモ・サピエンス

幻冬舎 MC

我輩は清掃人じゃ

目次

我輩は清掃人じゃ

※作者注

本作品では、小児麻痺の男性が主人公として登場いたします。現在、当症状を患っていらっしゃる方、過去に患ったご経験のある方、ご家族の方、ご関係者の方々には、不快になられたり、コメディーとして小説の題材に扱うなど、もっての外とおっしゃるかもしれません。ですが、作品を最後まで読んでいただければ、こういった症状や患者様を意図的に揶揄しているわけではないことに安堵されることと思います。そして、乗り越えるという本作品最大のテーマにお気づきになっていただければ幸いです。

1. 登場と過去

我輩の名前は、大人輝男。

「おとなてるお」ではなく、「おとながかがやくおとこ」と書いて、「おおひと・てるお」と読むのじゃ。元気いっぱいな五十歳、アラフィフじゃ。

それにしても、我輩は就職して、働きたかった。人間は誰でも、働くことはいいことじゃ。国民の当然の義務だからじゃ。中学生頃に習ったじゃろ。労働して賃金が発生しなければ、収入がない。それでは、食っていけん。生活していけんのじゃ。じゃからの、懸命な努力っちゅうもんは、諦めることなく、前進する道具として、ふところ奥深く持っていることが、必要不可欠なのじゃな、これが。

聞いとくれや。思えば半年前にも年月が逆流してしまってな、記憶が遠くへぶっ飛んでしまいそうじゃが、我輩が最も愛した母ちゃんがの、あまりにも不憫な表情を浮かべながら、潰れた寝床のなかで、

「輝男の両足に不具合を作ってしまったのは私の責任だ。悪かったね。お母さんを許してちょうだいね。ごめんなさいね」と目の前で泣きながら、亡くなってしもうたのじゃ。お気づきではないじゃろうから申し上げるが、我輩は小児麻痺で、まともに歩けん。ひょこひょこと足元に注意喚起しながら、転ばぬように進むしかないのじゃ。チャリンコなければコンビニでさえ行けん。じゃが、我輩のためにお腹を痛めて産んで、育ててくれたことを非常に感謝しとる。それだけでなく、母ちゃんを恨んだことなど一度もない。愛情たっぷり、笑顔花咲く、青空のごとく晴れ渡り、心が澄み切った、聡明な女性じゃった。母ちゃんと呼べば、な〜に輝男と返して可愛がってくれた。それだけでなく、我輩の内面に寄り添ってくれた唯一の、母性愛の長ける、ハリウッド映画のヒロインのようなお方でもあったのじゃ。

我輩はの、そんなヒロインだった母ちゃんへの、生前での恩返しが、満足するほどできなかったのじゃ。思い起こせば、確かに、労働してみたものの、根気が続かなかったことから、短期間で離職してしまったのじゃ。それだけでなくてな、望む職業ではなかったことから、心から手の届く範疇で自ら選択し、選び抜いた結論で得た初任給で、母ちゃんへのプレゼントを買ってあげるとかの経験が、皆無じゃった。じゃから、上から見ていてほしい願望があるのじゃ。

母ちゃんが死んでしまい、それまでは、我輩が短期間に労働した額から生活費を工面しながら母ちゃんの年金を切り崩しておったが、死亡したことから、年金を受給する権利を失効してしまったのじゃ。なので、我輩としては、呆気に取られ、ついに独力で働かねば、生活していかれんのじゃ。

ん？　何々？　プライドが高い？

ようわかるのうお主。基本的に、何の脈略もなく、他人様から養ってもらうなど、我輩の辞書には載っておらんのじゃ。他人様から恵んでもらって、世話を焼かしてしまって、義理や犠牲が生じるなど、あってはならんのじゃ。母ちゃんの年金でさえ、可能な範囲を超えることなどなく、以前、稼いだ微々たる金銭で賄ってきたのじゃ。誰にも文句は言わせんつもりじゃ。

それと、母ちゃんへの恩返しのためもあるのじゃ。生活費を賄う目的はもちろんじゃがの、人間としての成長もしたいがためもあって、過酷な労働でも受け入れて、可能な範囲を考慮していただいたうえで、働かせてもらいたいのう。労働は人を育てるバリエーションになりうるっちゅうのは、我輩の持論じゃからの。

それとの、しかと聞け。母ちゃんが亡くなってしまったショックは、当然のごとくあった。そこでじゃが、我輩のような障がいを背負った者でも、もう一度、最後のチャンスとして、やる気がみなぎってきたのじゃ。

母ちゃん。見とれ〜〜。

そうじゃ。重い腰を上げるときが来たのじゃ。自分にムチ打ち、とりあえず、正社員でだめならパートでもアルバイトでもよいので、まずは面接じゃな。面接〜〜面接〜〜（笑）ハローワークにチャリンコで乗りつけ、探しまくった。時間をかけ、二、三件リストアップしてから一件にしぼりこみ、己を信じてレッツゴー！

そんで、ここからが本番。ショータイムじゃ。

帰宅してから、緊張のため震える指先でガラケーを扱う。

「あぁーもしもし、〇〇さんですかの。我輩は、大人輝男っちゅうもんじゃ……」から始まって、担当に代わる。

「……それでは、三日後の午前十時に伺わせてもらうけんの。それじゃの」

ん？　何々？　ビジネス的な会話でない？　よいのじゃ。我輩はこれで通ってきたのじゃ。

アチャッ！　アチャッ！　ヒュンヒュン！　ヒュンヒュン！

これはの、かつてのカンフー映画のヌンチャク決戦の模様じゃ（笑）

2．いざ、面接へ——第一段階突破？

新潟駅前から数分の、とりわけ地価が高いはずの場所に位置するビルまでチャリンコキコキコし、身勝手じゃが、ビル前に不法に駐輪させてもらい、エレベーターで三階まで上がっていく。チーンで降り、すぐにもドアが目に入る。

我輩は、トイレ以外ノックの常識がない。よって、勢いよくドアを開ける。

「おはようさんでござる！　我輩は、面接の予約をした、大人輝男じゃ。それにしても今日は暑いのう」

唐突に入ったのもあり、右手で額の汗を拭くと、社員は我輩をいっせいに注目した。下品な来客だな、などと思われたのかわからずとも、我輩は、嫌われるのは慣れておらん。脚に障がいがあったところで、人格などを否定されるのには、敏感に反応するのが、我輩じゃ。足が不自由なのが、何が悪い？

その思いに呼応すべく、手前の社員が椅子から立ち上がり、我輩に愛想よく近づいてくる。

「お待ちしてました。大人輝男さんですね。どうぞ、こちらへお入りください。今日も暑いですね〜〜」

「そうじゃのう。じゃが、我輩はタフなのじゃ。何のこれしき」

そこで、

「今日はお一人ですか」などと、にやつきながら言うものじゃから、

「面接じゃから、一人で十分ではござらぬか」と返した。

すると、あっ、そうですね、などと言う。多少いい加減じゃな、と思ったのじゃった。あとで思えば、少々、舐められてたかの。まぁよい。何事もストレスにとることなく、前進前進。強行突破じゃ。

「それでは、こちらのソファーで面接を始めさせていただきましょうかね」

「少し待っていただけないかの。酷暑のなかチャリンコキコキコしてきて、喉が渇いておってな、お冷か烏龍茶か、なければビールでももらえないかの」

「失礼しました。冷えた青汁でもお出しします。少々、お待ちを」

恐らくは本日の面接の担当者なのじゃろうが、優雅にスキップしながら、部屋の隅にある冷蔵庫から冷えた青汁を出して手に持ち、寄ってきて、ぽんっと、テーブルの上に置いたのじゃ。あまりよい気持ちはせんかったのじゃが、乾燥した喉を潤そうかと、一気に飲み干したのじゃ。厚意に甘えたくない我輩じゃが、一杯では事足りず、

「まずい、もう一杯！」とおねだりしてしまったのじゃ。その担当者は苦笑してから迷惑そうな表情に変わり、立つと、再び冷蔵庫に向かった。開けてお次は、何と何と、缶の甘酒を握っておるのじゃ。我輩の目の前にあるテーブルに置くと、甘さひかえめですよ、などとのたまう。我輩も変わった者じゃが、この担当者も、なかなか偏屈じゃの。我輩といい勝負じゃ。

これは確かに甘さひかえめじゃな、などと言いながら、また、一気飲みしたのじゃ。すると、

「お味はいかがですか」などとほざく。我輩は気分が悪くなった。じゃが、人を恨むことなどせんのじゃ。世界は一つ、みんな仲間じゃ。

担当者らしき男は、ソファーに座り、我輩と対峙したのだが、いきなりことが始まる。

「履歴書をお願いできますか」と言う。我輩は手に持っていた一張羅の黒いバッグから、くしゃくしゃになった履歴書を取り出すと、担当者に渡したのじゃ。担当者は、両目を真ん中に寄せながら、紙面をあちこち辿る。我輩は緊張で、冷房が満遍なく効いていても、汗が止まることなく衣類に染み込んでいくのを実感したのじゃ。

「ほう。職歴を見させていただくと、三十回以上も職を転々とされたわけですね。夜の繁華街でフォークギターを持って流しをしたり、新聞の配達をされたりなど、豊富なご経験をされていると。私どもの今回のお仕事ですが、おわかりだと思いますが、ビルの清掃です。失礼ですが、足に障がいがおありのようで。清掃は楽ではありません。箒や濡れたモップ、水の入ったバケツ、階段の上り下り、しゃがんでの床磨き、トイレで汚物の処理などもあります。できますか？」

「言うのう。我輩は足が悪くとも、人生にギブアップなどしておらんのじゃ。やればできる。何事もできないなどと言っていては、そこで終わりじゃ。何物にも負けぬ意地があれば、現状を突破できると信じておるのじゃ」

「素晴らしいです。土日も出勤できますか？」

「いや、平日のみじゃ。土日祭日は働かん主義じゃ」

会話が円滑に進んでいたが、担当者は呆れた顔つきになって、息を吐いたのじゃ。

「何か悪いこと言ってしまったかの」

「いえいえ。ただ、土日も出勤が可能ではないと、難しいですよ。他にも希望者がたくさん、いらっしゃいますしね。今一度、ご検討をお願いしたいのですが」

我輩は天を見上げた。天と言うても、天井じゃが（笑）

「わかった。わかったのじゃ。じゃがの、なるたけ、土日祭日の労働は、遠慮させていただきたい。我輩の、精一杯のお願いじゃ」

そんなこと、と思われたかもじゃが、担当者は、

「採用の是非については、後日、お知らせいたします。気をつけてお帰りを」と冷たく放つのじゃ。

それも粛々と諭すように言うものじゃから、我輩は、すでに蹴られたと勘違いしてしもうて、うつ状態になってしまい、ろくに挨拶もせずにその場をあとにしたのじゃった。

あれはまずかったと、あとから後悔したのじゃ。一瞬たりともその場をともにした人間に無礼じゃったと反省もした。採用は無理そうじゃったことから、奇跡でも起こらんかのうと、神に祈りたい願望さえわいてきたのじゃった。神、神いうても、我輩は正統派の無神論者であって、そちら側の方たちに敵意はない。宗教でも信仰や信心しておる方の邪魔はせんのじゃ。宗教は元々、人の心を助けてくれてきたわけじゃからの。悪いことではないのじゃ。

ビルからの帰り道、チャリンコキコキコしておると、新潟駅前のコーヒーショップが目に入ったのじゃ。そうじゃ、そうじゃ、おうそうじゃ。前祝いじゃ。無理なら無理で仕方ないが、我輩一人、アイコで祝杯を挙げるのじゃ。

ん？　何々？　アイコとは何か？　アイコとはアイスコーヒーの略称じゃ。

駐輪の許可が下りてない場所に愛車を停めて、コーヒーショップに入ったのじゃ。店内は客で溢れかえっており、空いている席はなかった。しゃーなく諦め、店を出た。神様とやらがおればの話じゃが、祝杯すら許してくれなかったのじゃな、これが。

またまた、チャリンコキコキコしてからオンボロアパートに帰ったのじゃ。畳の四畳半ひと間の極貧生活。テレビもねぇけど、時季外れのコタツや、拾ってきたCDラジカセは長年、重宝してきたものがある。落ち込んだこのタイミングで、我輩が長年、憧れ続け、結論として日本人最高の美女、坂○泉水ちゃんボーカルの『負けないで』を聴く。そうじゃ、我輩のこの人生、負けておられんのじゃ。我輩の応援ソングじゃ。

さびちぃ思いをしながら三回聴いて、タオルケットをかぶって寝てしもうた。ぐっすり寝られればよいのじゃが。すまぬ、また逢う日まで。お休みなさいませ。

3．安住隆史との邂逅・第二段階突破？

それから五日が過ぎていったが、我輩としては、エアコンがないので、日中も夜間も扇風機を使いっぱなしにしており、悶々とした生活を送っていたのじゃ。

汗びっしょりで目が覚めた。今日も暑いのう。あぁ不快じゃ。感覚的にミディアムグレイのスエットパンツが汗まみれになっておるのが把握でき、目を向けると、所々で染みができてしまい、変色しておる。

通知はいつ来るのじゃ。早朝には来ん。採用の有無は、ドラマティックに訪れてほしいもんじゃの。それについての見識として、笑ってる場合ですよ（笑）

朝か思って起きたものの、正午をゆるりとまわってしもうてた。朝飯か思うたら昼飯の時間じゃ。こそこそと布団から這い出て、食事にありつく。菓子パン一個じゃ。それも、リンゴデニッシュじゃ。近所のドラッグストアで爆買いしておいたからの、毎日行かんともよいのじゃ。我輩はの、慎重に慎重に生きとるのじゃ。後回しにして手遅れになって後悔するより、前倒しすれば、失敗する可能性も削除可能なのじゃ。

咀嚼を終了し、開けっ放しにしてトイレで用を足しておると、玄関のドアをノックし、我輩の名前を呼ぶ奴がおる。

「どなたじゃ？」と我輩のよく通る声が、トイレ内で響き渡る。

「書留でーす」

「今、トイレじゃ。少し待ってくれるかの。申し訳ないの」

向こうさんも急がせずに配慮してくれ、よく通る大きな声で、ごゆっくり、とありがたく言っておる。

トイレから出て手も洗わず、両足をひょこひょこしながら玄関に向かう。ロックを外して配達人の顔を見ると、意外なことに、顔には皴、髪には白髪交じりなので、七十を過ぎたくらいの女性に見受けられたのじゃ。

「遅くなってすまぬ。ところで、お主の年齢を訊いてよいかの？」

「二十三だよバカヤロー！　何か文句あっか！」

「すまぬすまぬ。あまりにも老けておったので訊いたのじゃが、とんだご無礼じゃった。いやはや。おなごっちゅうもんは、おっかないのう」

「あたりめぇだろう。早くサインせぇよ。あたしの顔が、そんなに醜いか。さっさとサインしたらどうなん」

「本当に申し訳なかった。気になさらずに」

サインを終え、配達員とバイバイし、ドアを閉めて、差出人さえ確認せず、封筒の口をびりびり破る。現金など同封されておらず、まっさらな用紙が入っておった。ナンボ入っておるのか？　現金書留に用紙が同封されておるのか？

我輩は、面接時の会話をプレイバックすると、無理だったかのうと落胆しながら広げて目で追った。次の瞬間、飛び上がってしまったのじゃ。

何と何と、採用されるっちゅうことじゃ！

ここでついに我輩の夢が叶ったのじゃ。じゃが、待てよ。ここで浮かれてて、働き始めても、足を引っ張る馬鹿どもが社会に蔓延してるだけでなく、上司や先輩からのしごきがあるかもわからん。じゃがの、我輩の人生経験から、負けぬ技術はきちんと習得しておるのじゃ。決して殴り合ったりせず、気を利かせて、温かみのある会話から、他人様との輪が構築されていく。

ということで、就職が決定し、仕事にありつけるようになったのじゃった。

それからとんとん拍子で進んでいって、いよいよ今日からっちゅうことで、仕事場まで赴いたのじゃ。

面接時の部屋で挨拶を済ませ、あのときの担当者と別のビルの現場までご一緒すると、先輩格の男が一人、我輩の到着を待っておられたようで、入口でぼさーっと突っ立っておる。

初対面であるうえ、向こうさんはこの場の先輩。礼儀作法はしっかりしておかんとな。

「我輩は、大人輝男と申す。これから、よろしゅう頼んます。お主のお名前を伺ってよろしいかの？」と言いながら我輩は右手を出し、握手を求めた。

「安住隆史です」

一見イケメンだが、ニヘラニヘラしていて、ノリが軽そうで、少々、抜けておるようじゃ。面接んときの担当者から耳にしたのじゃが、十八歳で、高校でさえまともに行っとらんそうじゃ。出された我輩の右手との握手をシカトし、初対面でこれでは、先が危ぶまれる。小生意気じゃの、まったく。年上に対する礼儀がなっとらん。

「それじゃ、安住さん、大人輝男さんに、仕事の段取りなど、丁寧に説明をお願いしますね。私は事務の処理が忙しいから、あとはよろしく。ときどき確認に来ますよ」

こういうとき、この、小生意気イケメン安住隆史は、今どきの十八歳だからか、返事をせん。無礼な若造じゃ。我輩が鍛えてやる。先輩からの、人生におけるアドバイスじゃ。

「安住殿。まずは何をどうやるのじゃ。我輩は清掃のお仕事はしたことないのじゃ。適格に教えてもらわんば、職務をまっとうできん。丁寧にお願い申す」

「じいさん。いや、大人さんだっけ。まずは地下まで下りますよ。足のほうは大丈夫っすか」

「何とか」

「とにかく、ゆっくりね、ゆっくり下りてね」

「随分と気を使ってくれるのう。ありがたみあるお言葉、申し訳ないのう」

「気にすることないっすよ。ここでは俺がいちおうの先輩だから言ってるだけだし」

この安住隆史っちゅう少年、意外と優しい性格をしておるかもしれんな、と我輩は、直感で思い直したのじゃ。

地下一階まで下り、狭い踊り場らしき場所に着き、縦一メートル、横八十センチほどのドアをキーで開ける。宝探しみたいじゃ（笑）

「ここに箒やちりとり、モップ、バケツ、雑巾などが揃ってます。キーは俺が持ってますよ。場合によっては、一時的に貸したりすることもあるかもしれませんけどね。汚くて誰もしたがらない仕事、それが清掃だけど、綺麗にしましょ。床がピカピカに光れば、やりがいを感じるものですよ。

これだけは言っときますよ。さっきの人、真面目に仕事しないと、蹴りを入れてくる場合もありますからね。パワハラですけど、過去にキックボクシングしてた人だから、本気で怒らせると、ボコボコにされちゃいますよ。俺なんか仕事をさぼってたら、ローキック食らって、レントゲン検査で確認したら、左脚にひびが入ったことがあるんですよ」

「おっかないのう。人は見かけによらんのじゃが、救急車は呼ばんかったのか？　警察に通報は？」

「それはまぁいいけど、とにかく、清掃も命懸けでやる仕事ですよ」

いやはや、大変な会社に就職してしもうた。我輩まで蹴りを入れられ、ひびでも入ったら、ただでさえ足の悪い我輩は、寝たっきりになってしまうのじゃ。仕事どころでありゃへんがな。ただただ恐怖心が沸き起こってきたのじゃ。しかしの、上司を信頼せねばならん。ここはブラック企業なのかわからんが、収入の問題は死活問題になりうるわけで、せっかく見つけた清掃業務、手放してはおられん。まぁ、ゲスの勘繰りはやめて、仕事仕事、仕事始めじゃ。やらねばならん何事も。我輩はここにお世話になるべく選ばせてもらったので、意識を強く持って邁進せねばならん。

「安住殿。いちおうの段取りというものを教えてもらえんかの。死んだ気になって覚えるのでな」

「じゃ、とにかく、さっき見せた、箒やちりとり、モップ、バケツ、雑巾などを持って、最上階まで階段で上がります。足が不自由みたいですね。階段は大丈夫っすか？」

「安住殿。我輩はの、これしきの試練には負けんのじゃ。お主にも言うとくが、試練というものは、超えるためにある。壁を乗り越えるのじゃ。お主も経験がござろう？」

「安住殿がお主に降格されちゃった」

「すまぬ、ランクを下げてしもうた。別段、馬鹿にしてるわけでもなし、よかろう？」

「まぁいいけどさ」

「とにかくお主とは長い付き合いになりそうじゃ。それに、意外と誠実そうじゃの。よろしくお願いしますでござる」

この安住との出会いは、年齢が離れていても、何か深い繋がりがあるのだろうと、衝撃的なご縁を感じ取ったのじゃ。

「大人さん、そろそろ行くよー」

「すまぬすまぬ、今、行くぞよ」

我輩の両足の不具合は、すでにマックス状態にまで陥り、階段の上り下りだけでなく、清掃自体が可能かどうか、不明瞭な視線が点在し、歩行不可能になって、残念でも、諦めなければならない恐怖が、むくむくといきり立ってきた。困ったもんじゃ焼き（笑）

ヒーハーヒーハー言いながら階段を、間違いが及ばないほどゆっくりと一段ずつ、上がっていった。エレベーターすらない五階建てのビルで、足が棒になるどころか、野球の木製バットになってしもうたようじゃ。初日からこれじゃ、先が危ぶまれるのじゃ。困ったのう。再度、困ったもんじゃ焼き（笑）

「大人さんね、この蛇口を使って、まずは雑巾やモップやバケツを洗ってから、バケツに水を入れて、階段のある最上階の踊り場から箒で掃く。それは俺がやるから、モップがけで追いかけてきて。競争じゃないし、時間内なら手を抜くわけじゃないけど、ゆっくりね。モップがけするときには、近くにバケツを置いてやればいいし、とにかく、上からこぼさないように注意することっすよ。じゃ、始めるよー」

「了解じゃ」

最上階の踊り場から安住が箒で掃き、我輩がモップで追いかける。仕事中はもちろん私語は禁止じゃが、安住のほうから、多少のお喋りはしてしまう。誰も見とらんからじゃが、キックボクシング野郎に目撃されれば、我輩にもローキックが見舞われ、大けがを被る。足の不自由な我輩でも、蹴りを入れられれば、展開によっては憤怒し、報復する場合もある。じゃから、仕事は真面目にやる。天から母ちゃんが、我輩の働きぶりを見ていてくれるのじゃ。三十回以上も働いてきて、長続きせんかったけども、今はこうして、久しぶりに労働をしておるぞ。母ちゃん、あなたには、本当にお世話になり申した。天から見ていてくれな。ありがとうの。

そうするうちに、階段の最も上からモップがけせねばならなくなり、上半身を屈めたのじゃ。そのとき、疲労して体が動きづらかったことから、水で満杯のバケツにモップが引っかかり、豪快にひっくり返してしもうたのじゃ。

「あっきゃー！」

安住は叫び声を上げ、下から駆け上がってきたのじゃ。

「ついにやっちゃったね。やると思ってたよ。だいたい初日にひっくり返してしまう人が多いんだ。一つ下の階段までは掃き終えてるから、よくしぼってから、軽くモップがけやってきゃいいよ」

すまぬ、すまぬと連呼する我輩の心情を悟ってくれ、トンネルに潜ることなく、明かりが見えっぱなし状態じゃ。安住、ありがとな。

「もうギブアップかい？　だらしねーなー」

「誰がギブアップと申した？　我輩は、自ら諦めることはせぇへんからの。とんだ言いがかりじゃ」

「こぼしたやつ、雑巾で丁寧に拭いておくから、こっちのモップがけ、やっといて」

新しい職種とはいえ、五十歳、いきなりの肉体労働で、体力の消耗が早いのかの。やる気満々じゃから、途中で投げ出したりはせぇへんのじゃ。

掃き、追う。掃き、追う。階段の手すりや窓拭き、這いつくばっての床磨きや雑巾がけ。それらを延々と繰り返しの仕事で、親子ほどの年齢差を感じながら、我輩と安住は、素晴らしいタッグを組んだようじゃ。

そうこうするうち、午前の労働は終了し、お昼休憩じゃ。食事は綺麗な環境でできるものと安易に考えていたのじゃが、ビル内の小汚い部屋が用意されており、控室に使えとの旨が伝えてきてある。安住はどうするものか、気になってはいたものの、弁当を持参していたのじゃ。我輩は、今朝食べた残り物を持ってきたので、食欲旺盛な我輩は、午後のお仕事に負けんよう、胃に流し込んだ。

「お主、その弁当、母上が作ってくれたのかの？」

「まだ、母ちゃんと一緒に住んでんだ。母ちゃんが病気で、俺がこんなとこにでも働いてないと、生活していけないからね」

安住はあれでも優しい性格のようじゃ。やたらと母上の話題をすることは、一般には甘やかされているようでも、親子愛に燃えているようじゃ。

「ところで大人さん。そのスエットパンツ、あちこち染みができてたり、傷んでて、お尻がテカテカに光ってますよ。洗ってないっしょ？」

この会話の内容に、正直、我輩は、驚愕したのじゃ。あれほど優しい少年じゃと心が潤っておったのに、我輩の感覚的な悦楽が、もろくも崩れ去っていったのじゃ。

「我輩は清潔じゃから、頻繁に洗う必要などないのじゃ」と主張すると、

「洗わなけりゃ不潔ですよ」などと言いがかりをつけてくる。

「清潔じゃから洗わないのじゃ」

「洗わないこと自体が不潔なんですよ。臭くてしゃーない。洗濯機を月五万円でレンタルさせてあげましょうか」

「いらんわ」

「大人さんって眼鏡かけてて白髪の坊主頭だし、このあっちぇーのに、出勤時には、黒いジャケットなんて着てくるんだね」とげらげら笑い出す。

「そうじゃの」

初日でこれはいかんな、と我輩は不快になったもんじゃ。

「足も不自由で、まともに歩けないわけ？」

「差別的な発言はやめたほうがよろしいぞ」

「いいじゃん。事実は曲げらんねーよ」

「黙れ、この無礼者！　そういうこと言うとの、お主の誕生日にな、鼻毛つきの鼻くそと、痰入りの赤ワインをプレゼントするけんの」

「きったねぇ」

「他人様を侮辱するのは、してはいけない行為じゃ。お主も母上が大変な目に遭っておるわけじゃし、他人様を愛する行為を心がけ、オブラートで包んであげればよいのじゃ」

「わかったよ」

「お主は見どころがある。清掃を通じての社会勉強をし、人間的に成長できればよいのう」

我輩たちはお喋りに熱中してしまい、そこにキックボクシング野郎が、恐らく確認のために、顔をのぞかせに来たのじゃ。

「おい、お前ら、いつまで喋ってんだよ。仕事しねーと、頭に蹴り入れっぞ」

驚いた。腕時計を確認すれば、確かにお昼休憩はとっくの昔に終わっておる。申し訳ないと呟きながら、お仕事を再開したのじゃ。幸い、蹴りは入れられなかった。恐ろしい環境に身を置いてしまったものじゃ。くわばらくわばら。

初日は、こんなていたらくじゃった。水で満杯のバケツをひっくり返しても、安住が片付けてくれたし、階段の上り下りや、屈んでの床磨きなど、意外とやっていけそうな感覚が掴めたようで、食事や睡眠を十分に取っておればと、一安心したのじゃ。時給が低くとも、ナンボのもんじゃい。お金の問題ではないのじゃ。明日はついにトイレ掃除を伝授されるのじゃ。手が馬糞の臭いに包まれたら、どうすればいいのかの。何じゃこりゃあっ、と絶叫すればいいのかのう。

4．第二の邂逅・第三は運命の女性の苦難？

疲労しながら帰宅を急ぎ、チャリンコキコキコし、アパートに着いた。我輩は障がいを理由に、一階に住まわせてもらっておる。チャリンコを通路に片付けようとしておると、何やら黒い物体が、即座に移動した。不気味じゃな、猿かと思い、身構えたところ、我輩の部屋のドアの前で、動きが止まった。猿ではなく蛇かとも思ったのじゃが、よーく見ると、捨てられたばかりなのか、甘い声で、にゃーんなんと囀っておる。めんこいのう。子猫、それも黒猫じゃ。どなたかがこの辺に置き忘れたのか、捨てていったのかわからんが、ドアを開けると、走りながら入っていった。我輩は笑いが止まらず、愛を供給してくれる価値観を見出したのじゃ。これも愛。動物愛。

「よいぞ、よいぞよ。入ってよいぞよ。ここが、我輩の城じゃ。正真正銘の客人じゃ。苦しゅうない。入り申せ」

抱いてみると体長が十センチほどで、毛並みがまだ艶やかなことから、やはりこの黒猫はまだ幼く、キーキーキーキー言うちょる。こんなめんこい黒猫は、飼い主が、体毛の色に愛想をつかしたんかの。体毛の色など、人間は染められても、猫は一生、変えられん。じゃがの、神様から受け取った、宇宙絶対の普遍的な設定は、変えることをしてはいかんのじゃ。

「めんこいのう〜〜。確認すると、お主は男の子みたいだがの、我輩とともに生活したいのかの？」と訊いても、さすがに猫のため、残念にも返事が返ってこない。

「まぁええわ。仲間が増えて我輩も嬉しいわ。末永くともに前進していこうぞ。そうじゃな、名前をつけなければの。黒くて熊みたいじゃからの、クマ君じゃ。お主の名前は、クマ君じゃ」

言われても何が何だかわからないものじゃから、ぱっちり開いた両目をパチクリし、そこがこの子のチャームポイントじゃの。めんこいわ。

とにかくクマ君との新しき生活が始まり、あとは仕事に慣れて、安住とは何とかやっていけそうじゃし、余裕が生じたことから、恋をしたくなったのう。燃える恋じゃ。クマ君は猫であるし、恋愛の対象には、基本的にしてはいけないし、不可能じゃ。我輩は、成熟した、美しい女性と恋愛したいのじゃ。あの曲を歌っておられた、坂○泉水のような美しさ。透き通った黒髪を風になびかせながらの微笑みが忘れられぬような、誰もかれも恋愛の対象にしてしまうような、そんな煌めきを兼ね備えている女性。タイプじゃの。相手が我輩では無理じゃな、これが。

お昼休憩の終了間近に、息抜きのため、安住とビルの前でお喋りじゃ。

「大人さんはこの仕事に慣れてきたみたいだね」

「オオウッ。オウオウッ。オオウッ。オウオウッ。手慣れたもんじゃろ」

「いつだったか、大人さんに無礼な発言をして、ごめんね。足が不自由だとか、お尻がてかってるとか」

「我輩はの、基本的に、人を恨んだりはせぇへんのじゃ。人を大切に扱い、権利や存在を認めて、それが、どれだけ有効になっていくのかを、愛情を持ってオブラートに包んであげれば、その人のためになるのじゃからな。これが人間関係じゃ」

「訊いていいかな？」

「何をじゃ？」

「大人さん、奥さんいないの？」

「いや、これでもの、若いときはモテたのじゃがな。我輩は少々、理想が高すぎるところがあってな。あの女性を知っとるけぇ？　坂○泉水。日本人女性で最も美しかったおなごじゃ。タイプの問題かもせんがな」

「知ってるさ～～。世代が遠いけど、あぁいうタイプいいよね」

「お主もわかるのかの。話が合うのう。……ん？」

我輩は、それこそ、目を見張った。二十メートルほどの距離を置いて、坂○泉水が、気品のある、美しく長い髪を微風になびかせ、薄いグレイのジャケットとスカート、黒いパンプスとバッグ姿で歩いちょる。我輩は幻覚など見たことない。一度もない。他界したはずのあの子が、坂○泉水が歩いちょる。我輩は気が狂ってしもうたのかの。

「目の前を歩いちょる、あの女性、今、話題にしていた、坂○泉水に似とるのう。お主にも見えるかの？」

「新潟にはもったいない逸材ですね。あ、もう行っちゃった」

「この辺のオフィスビルに勤務してる可能性はあるのう。我輩は生きがいを見つけられそうじゃ」

「ヤラシーこと考えてんでしょ」

「やらしくはない。我輩は恋をしたみたいじゃ」

「恋をするのもいいけど、大人さんは自分のルックスをもう一度、吟味したらどう？　無理があるよ。大人さんが相手にされるわけないじゃん」

「お主！　言ってよいことと悪いことがあるぞ！」

「自分を過大評価してるよね」

「黙れ、この無礼者！」

我輩の燃える恋に水を差す男、それが安住隆史じゃ。マジでムカつくのじゃ。言ってよいことと悪いことの線引きがなってない。親はどういう躾をしてきたのかの。我輩は、ふと、足元を見た。短足なうえ、ずぼらに太い。素足にサンダル履いて汚れたスエットパンツ。美しい女性をゲットするなど、可能性はまず、ない。じゃがの、亡くなった我輩の母ちゃんは、身も心も聡明な方じゃった。理想が自分の母ちゃんという男性は少なくない。我輩の母ちゃんは世界一、いや、人類で最も美しい女性じゃったと、我輩は、自信から確信に変わっておる。その母ちゃんと坂〇泉水は、どっこいどっこいじゃった。そして今、目の前を通り過ぎていったあのお方。ヨッシャア、決めた。あの女性の名は、坂〇泉水ではなく、坂本泉水じゃ。似てる容姿でも、名前を若干、変えておかんと、話が面倒じゃからの。あの女性、坂〇泉水ではなく、坂本泉水じゃ。何か文句あっか！

あれはここで清掃した二日目に、初めてトイレ掃除したときか、両手が糞尿まみれになったとき、さすがにこれでは、魅力ある女性とのお付き合いなど、無理そうじゃな、と胸を痛めたのじゃった。あまりの衝撃で心が折れ、我が人生に見切りをつけたくなったときがあったのじゃ。我輩の人生、細く短い道のりになっておるのかの。いやなもんじゃ。他人様のそれは、みながみな、楽しく意義ある人生になれば、それはそれで素晴らしいのじゃがの、我輩の人生というものは、楽しくも意義あるのかないのかわからんが、せめて恋が成就する楽しみを見つけられれば、それで満足する用意は、すでに構築されておるわけじゃからの。神様がおれば、お慈悲を与えてくれればの、それで満足するのじゃからの。お助けしてもらえんかの。

「クマ君。首輪つけてあげるのじゃ。手前に来たれい」

クマ君にしても、狭いアパートの一室で、いつもいつも寝てるだけではストレスになるじゃろと、首輪を買ってきたので、ワンちゃんみたいに散歩してあげようかと、誘ってみたのじゃ。ワンちゃんとニャンちゃんとの大きな差は、散歩をするかしないかなのじゃ。ワンちゃんが一日あたり一度か二度の散歩は、飼い主の義務じゃが、ニャンちゃんは散歩の必要はないという。が、我輩の見解では、このクマ君でも、遊びたい盛りなので、アパートの一室で慣れてきたわけじゃから、今後の社会勉強のために、クマ君にとっての新しい試練を、テスト的に実行しようかと思ったのじゃ。まだ夕暮れどき、ビビったらすぐに帰ってこようかと思っちょる。

両目をぱっちりと開けて、クマ君がちょこちょこっと寄ってくる。めんこいのう。病気でなければいいのがの。低収入なので、動物病院での検査もしてもらってないのじゃ。クマ君に許してもらわんきゃの。いずれ初任給が入ったらの。それまで元気なままでいてもらえればの。すまぬすまぬ。申し訳ないのじゃ。

尻をついた我輩の膝にクマ君を抱き寄せると、首を押さえる。いったんその赤い首輪を大きく拡げ、顎から一気に巻く。そして人間のいう、うなじあたりでとめる。これで完成。簡単なオペじゃ。クマ君喜んで〜〜（笑）

まだ子猫じゃし、社会の厳しさも知らんゆえ、やたらと弾ける。猫生を知らん者の特権じゃ。

「よーし。それでは出発じゃ」

ニャー。

「ん？　返事しおったかの」

ニャー。

「頭脳明晰じゃの」

ニャー。

我輩はクマ君を抱っこしながらドアを開けて、いったん下ろす。チャリンコを利用しながら歩かんと、散歩が成立しないのじゃ。

チャリンコのハンドルを右手で掴み、上半身を少し預ける。左手で赤いリードを引っ張りながら歩く。クマ君は、今のところ、すたすたと、意外とビビらずについてくる。ちょくちょく様子を確認しながらでないと、何らかの異変を悟る用意が必要じゃからの。

「怖くないかのう？」

ニャー。

「そうか。怖くないか。お主も大変な人生を背負っておるのう。辛くとも、ともに歩んでいこうの」

ニャー。

「ニャーしか言えんのよのう。仕方ないか。猫がこれ以上喋ったら、腹立たしくなるかもしれん」

クマ君との散歩は楽しくて楽しくて、生きがいにカウントされるようになったのじゃ。じゃが、猫、それも黒猫のクマ君じゃが、我輩もちと変わった者なので、散歩してる猫なんぞ、他に見ることすらありえない状況じゃのう。ワンちゃんの散歩も少しは減ったようで、今ではニャンちゃんの人気がワンちゃんより増したと耳にしておるのじゃ。我輩はワンちゃんでもニャンちゃんでもOKじゃが、他人様に尻尾をふりふりしながら媚を売ってくるワンちゃん、マイペースでもおっとりしてるニャンちゃん。双方ともめんこいからのう。どちらとも比較できない、人間様の宝じゃからの。虐待などしてはいかんのじゃ。

右手でハンドルを握りながら左手でリードを引き、チャリンコにはまたがらずに、バランスを取りながら押してゆく。動きが鈍っても焦らないで前進じゃ。クマ君は猫でありながらちょこちょこと小走りじゃ。

「危険なので、車道に出ちゃいかんぞよ。脇の歩道を歩くのじゃ。一つだけの命じゃからの。大事にせんとな」

ニャー。

そのときはアパート付近を一回りしか予定してなく、十五分ほどで帰宅しようかと思っておったのじゃが、あまりにもクマ君が元気よいので、少し遠出しようかと我輩の意思とは裏腹に、足の赴くまま、行ったれい。

あっちふらふら、こっちふらふら、足の状態を確認しながら、直感を頼りにして、とにかくふらふらしていたのじゃ。ぶら下がった蜘蛛みたいじゃ（笑）

三十分ほど歩いて、これはちと来過ぎたのうということになって、クマ君の許可を得て、戻ろうかと思ったのじゃ。そのときじゃ。我輩の愛しの坂本泉水が、この辺にはそぐわない、眩いばかりの大きな屋敷に入っていくのが、目に映ったのじゃ。この屋敷に住まわれておるのか。大邸宅じゃの。高いブロック塀じゃな。あまりにも我輩とのギャップに、人生を拒絶する紛れもない現実が、右手を伸ばしても届かない距離なのかと落胆したのじゃ。

大邸宅の門構えが立派で、興味もあって、近づいて表札を確認したのじゃ。

ありゃっ？

坂本とのお名前で、世帯主らしきお名前が真ん中に陣取っていて、左脇には、泉水との名前まである。これって、ほんまもんの名前なのかの。適当に名づけたのが本名とは、シャレにもならんのう。

我輩は、あるはずのない奇妙な体験をしとるな、と笑いが出てきた。それでも、容姿や年齢どころか、身分の違い……。遠くて遠くて、とてもお近づきできない、かといって簡単には引き下がれない痛み。そうじゃ、諦めるのはいつでもできる。諦めなければよいのじゃ。諦めるのは最期のとき。死ぬときでいいのじゃ。死ぬ寸前のわずかな時間を見計らって、そんときに、生涯の努力が不足していれば、我が身の懺悔として受け入れ、死んでいけばよいのじゃ。それまでは、ネバーギブアップじゃ。

シャーナイ。シャーナイ。シャーナイのぅ〜〜などと鼻歌交じりに、もう一回りして帰ろうかと、向きを変えて歩き出したのじゃ。

我輩は、働いていても低賃金で、五十歳でもあり、小汚い服装。白髪の坊主頭。近視と乱視だけでなく、老眼まで入って黒縁眼鏡。障がいがある両足。ファッション性のない黒いジャケット。お尻がテカテカのスエットパンツ。白がくすんできた半袖の肌着。真冬でも履いてるサンダル……。どうみても我輩は、美しいおなごとは縁がないどころか、脈略がほとんどない事実を受け入れるしかないのか。五十年間の密封された苦悩を忘れて、就職して歩き出し、理想の女性が現れた。身分の差……。何の魅力もない我輩。神を呪ってしもうた。我輩は己の人生に嫌気がさし、涙目になりながら、もう一回りしていこうかと、舵を変えたのじゃ。

こんな人生！　この程度の人生！　身も心も小汚く、女っ気がない人生。とにかくこのまま信濃川に飛び込んでやろうかとさえ思ったのじゃ。

またまた、あっちぶらぶら、こっちぶらぶら。疲労したため、先ほどのふらふらが、ぶらぶらに変貌してしまったのじゃ。帰りに坂本泉水の自宅でもう一回見て帰ろうかの。戻ろうと方向転換すると、何やらサイレンがけたたましく鳴り出しておる。何の音じゃ？パトカーか消防車か救急車か。それ以外にサイレンが鳴るっちゅうのはなかったはずじゃ。何やら事件が発生したっちゅうことじゃ。おっかないのう。こりゃ、近所の可能性が高くなってきたぞよ。

消防車のカンカン音が音量を増し、我輩等に切迫してきとるようじゃ。いや、さらにパトカーのサイレンまで接近し、我輩は、何やら、脅迫されておるような、心持ち不安と恐怖で、震えがきたようじゃ。それでもクマ君は表情も変えずに、ちょこちょこと小走りなのは変わりがない。歩き方と違い、図太いようじゃのう。

そこでじゃ。事件が発生しとる現場まで見学に行こうかと思ったのじゃ。いや、見学ではなく見物か。邪魔はせんので、見させてもらえばよいのじゃが。とにかく音を頼りに、その方向まで行ってみるのじゃ。

ハンドルを握る右手と、リードを引っ張る左手、押されるだけのチャリンコ。

歩いていくと、人だかりができていて、黒煙が高く蔓延している通りに出た。さっき見たばかりの大邸宅からちらほらと炎が舞っておる。厳格な門構えと高いブロック塀が、烈火のごとく怒ってるようじゃ。

坂本泉水は屋内かの？

まず我輩は、命の危険度マックスの坂本泉水の不安を感じた。どこにおるのじゃ。泉水殿に何かあれば、我輩の人生の希望の星が、消失してしまうのじゃ。一、二度、顔を拝んだだけで、向こうさんは、我輩の顔も、人間性も、存在すら知らないはずじゃ。それでも我輩は、彼女の生命を案じ、命の限り、邁進する決意がわいてきた。

「クマ君。お主までを危険な状態にさらされんので、火事の現場から少し離れるぞよ。我輩のショータイムじゃ。アイルビーバック！」

そのシーンでも、さすがはクマ君。我輩の生き方を認知してくれ、可能性を見出してくれたのか、ニャンニャンという言い方はせんかった。要するに、行ってこい。命を賭けて、何としても坂本泉水を救助するのだぞ、と言ってたように思えたのじゃ。

クマ君のリードをつけたまま、チャリンコを大邸宅から距離を置いた場所にロックして立て、立派な門構えに向かって、ひょこひょこと近づいていったのじゃ。人だかりの輪を制しながら前に進む。消防士や警察官が到着する前がよかろう。いれば、制止されるだろうし、邪魔はさせん。坂本泉水が助かろうと助からずとも、基本的に、我輩には、一文の得もない。存在すら知られてない。じゃから、我輩が命を賭けてまでして行動に移すのがベストなのかは、いかがなものか、我輩には計りしれん。ここで怖気づいてしまって、拒否して、命を長くまっとうすることもできたのじゃ。じゃがの、慈悲の心を持って生きていけば、それこそ、素晴らしい人生が、身に起こってくるのではないかと、勝手に思っておるのじゃ。

高い位置まであるブロック塀。これが最初の難関じゃ。人生について心理学の本を大手の書店で立ち読みしたことがあったのじゃが、壁にぶち当たると、いっちゃんわかりやすいのが、乗り越える。あるいは、諦める。他に数種類あって、置換、これを、置き換えといって、触る痴漢ではなく、置換。別な目標に変える。あと、さらにわかりやすいのが、昇華。芸術面に傾倒して、別な形で結晶する。我輩はの、簡単に諦めはつけんし、言い訳も芸術にも向かってはいかん。堂々の真っ向勝負じゃ。野球でたとえれば、古臭くて若いもんは知らんじゃろうが、大エースと大スラッガーとの名勝負ありきで、直球で堂々と真っ向勝負するのが最高じゃ。後悔したり、臆することなく闘うのが、最も美しいのじゃ。

そこで、高さが問題じゃ。ブロック塀の高さまでジャンプするが、足が不自由なため、高く飛べない。何度やっても無理じゃ。ならば、後ずさりして助走をつけ、ジャンプ。それでも無理じゃ。屋内から炎がいちだんとめらめらしてるのが見え、時間の余裕がない。足がまともに動けばいいだけなのじゃ。まずは乗り越えなければならないのじゃ。我輩は考えた。そうじゃ。チャリンコじゃ。チャリンコをブロック塀に立てかければ、チャンスが広がるのじゃ。名案じゃのう〜〜。我輩は、やはり天才なのじゃ。といってる間もなく、ひょこひょことチャリンコのところまで戻り、クマ君を距離のある場所に連れていき、よい子じゃからここで待っておるのじゃぞ、と言い聞かせ、チャリンコを引きずりながらブロック塀まで持ってって立てかけた。

これなら、何とかなるかのう。サドルに座ると、一メートルほどの高さは確保できたようじゃ。背後に倒れないように、間違っても後頭部を打たないようにと気遣いながら、両足でサドルに乗っかった。ここまではよい。じゃが、両手を伸ばしても、ようやく届くらいじゃ。それからは腕力に頼るしかないのか、腕立て伏せで鍛えてた過去を思い起こすのう。足が使えないなら手を使いなさいと、母ちゃんから教わったものじゃ。生きる術だよとな。

太っているために体重もある。さほどの腕力もないはずじゃが、何物にも負けぬ人生じゃったために、これしきで敗北しておられんのじゃ。両腕様よ、力を与えたまえ。思いっきり伸ばし思いっきり引く。繰り返し、三度目でようやく上半身がブロック塀を超えることに成功し、いちおうの汗は拭った。けれども、お次は、腰を庭側で座り直し、両足までブロック塀を乗り越えなければならない。最後に飛び降りなければならないのじゃ。二メートル以上もある高さでビビってしまっておる。我輩はの、高所恐怖症なのじゃ。じゃがの、坂本泉水の命がかかっておる、非常事態じゃ。非常事態宣言など、ないはずの我輩の権限で発令しようかの（笑）

ブロック塀をやり過ごし、足からゆっくり降りる。動悸が著しい。いんや、それに、熱いのう。屋内から発生する熱が、我輩を完膚なきほどに燃えつくそうとしちょる。これは新種のいじめじゃ。

痛い。降りるときにサンダルが脱げ、庭の砂利で名誉の負傷をしてしまったのじゃ。出血の有無は今のところ不明じゃが、あとで坂本泉水から勲章が欲しいの。代わりにチューでもよいのじゃが（笑）

玄関口から開けて入ろうかと思ったのじゃが、意に反して無理が生じ、仕方なく、泉水殿、泉水殿、と叫びながらドアをいくら叩いても反応がなく、これでは間に合わん可能性が高くなってしまうと気づき、庭の盆栽の狭間を通ってからサッシをガンガン叩いて名前を呼んだ。反応は皆無じゃった。なぜにシカトするのじゃ？　聞こえんなら聞こえんでシャーナイのじゃが、すでに坂本泉水は灰になってしもうとるのか？　我輩が憧れておる方じゃ、それだけは勘弁してくんなせや。

最後の手段じゃ。盆栽の一つを無作為に選び、サッシに向けて思いっきり叩きつけた。バリンなどとのたまったが、一回で割れはせん。もう一回叩きつける。バリン。二回でも無理なのか。施錠してる辺りに、ガンガン叩きつけた。バラバラになった箇所のガラスを剥がし、右手を入れて施錠を外す。背中を丸めながら、急いで開けてなかに入る。この部屋に火の気はない。

何度も名前を絶叫したのじゃが、すでに逃げおおせたのか？　我輩だけ貧乏くじを引いて、死を目の当たりにしておるのか。損する事件じゃのうなどと笑いが出てきたのじゃ。それでも笑ってる場合ではなく、目的は人助けじゃ。坂本泉水の命を救おうと、生き死にの垣根を超えてやってきたのじゃ。命を賭けておるのじゃ。

そのときじゃ。

助けて、などと女性の声が、はっきりと聞こえたのじゃ。耳に入ったこのことが、幻聴のはずがなく、その方向を探ったのじゃ。

「どこじゃー。どこにおるのじゃー？」

「どなたか知りませんが、助けてください。こっちです。廊下の突き当たりを右です！」

「今、行くぞよ、怖くはないぞよ。待っておれ」

こんなに特殊な状況下において、我輩は鏡を見たくなった。焦りと熱で顔が真っ赤になっておるはずじゃし、恐怖で顔つきまで変貌していそうじゃ。

ひょこひょこでもマックスの歩行法で歩き、廊下の突き当たりじゃのと言い聞かせながら、前進した。

いた！　坂本泉水じゃ。

「ご無沙汰じゃの。我輩を覚えておるか」

「あなたの顔、見たことあるわ。どこでだかわからないけど」

「お主を駅付近のビル街で見かけたぞよ」

「清掃の……」

やはり我輩は特異な職業のため、印象が悪かったのかのう。一瞬、落胆してしもうたわ。

この状況下においても。

「かわいそうに、差し迫った恐怖にぶるぶる震えておったのか。我輩はお主を気遣って、助けに参ったのじゃ。ご安心くだされ。陳腐な男ではあるが、敵ではないのじゃ」

「とにかく、無事に連れ出してくださいませんか」

「オオウッ。オウオウッ。オオウッ。オウオウッ。我輩を信じるのじゃ。そのために参ったのじゃからな。他にご家族はおらんのか？」

「独り暮らしです」

はぁ？　などと気の抜けた声を発した我輩じゃった。この大邸宅で独り暮らしなのは、嘘ではないじゃろが、まさか美しいおなごが独りで暮らしとるとは。

「意外じゃのう。まぁえぇ。奥からは脱出できんのか？　ドアや窓のある部屋は？」

「この奥は仏間で窓がなく、行き止まりです。逃げるには、火に向かって戻るしかないです」

困ったのう……。逃げ場がありゃへんがな。困った、困った、落ち着け。落ち着くのじゃ輝男。落ち着いて考えろ。考えるのじゃ。あぁ、亡くなった父ちゃん。母ちゃん。我輩は愛する人と、ここで、こんがり焼きのウェルダンになってしまうのかの。この人と焼肉になどなりとうないわ。ただただこのおなごと幸せになりたいだけなのじゃ。許してたもれ。

パチパチパチパチ。

拍手の音ではないわ。火の回りが激しくなってきて、部屋が悲鳴を上げておる。坂本泉水も悲鳴を上げた。我輩も続ければ、信頼などなくなってしまう。

そうじゃ、真っ向勝負じゃ。奥が行き止まりで、あとは死を覚悟で廊下を全力疾走で駆け抜けるしか、生き延びる手段はない。

「坂本泉水殿！」と呼ぶと、

「どうして私の名前をご存じなんですか」と怪訝な顔をする。

「我輩は、お主が坂〇泉水に似ておるので、身勝手じゃが、坂本泉水と命名しておったのじゃ」

「奇跡的というか、奇遇ですね（笑）」

「こういうこともあるのかのう。お主は美しいおなごじゃ。このまま死なせたくはない。諦めることなく、我輩と生き延びるのじゃ。よいの？」

「もちろんです。私だってまだ二十代。死ぬには早すぎます」

「よいか。お主と我輩の分で座布団を二枚、急いで用意するのじゃ。頭の上を覆って、火の勢いに負けず、この長い廊下を玄関まで走りきるのじゃ。それしか生き延びる可能性はない。わかったかの？」

「それしかないのなら……」

「我輩を信じるのじゃ」

「信じます」

坂本泉水は急いで座布団を二枚探して、一枚を渡してきた。我輩も彼女も頭に乗っけて覚悟を決めたのじゃ。唯一の可能性に賭けて、ミッションを成功させるのじゃ。

「坂本泉水殿。今だけは、そう呼ばせてくれたまえ。用意はいいかの」

「いつでもＯＫよ」

「行くぞよー」

我輩はいったん背後の坂本泉水の顔を見てから、先に立って、両足をばたばたさせ、両脇の炎の勢いに敗北することなく、生まれてこのかた試みたことがないほどの速さで、駆け抜けたのじゃ。

あちちちち！

ホンマ、炎と煙で死ぬかと思うた。

玄関まで走り終わると、何らかの余裕が生まれたのかの。後ろを振り返り、坂本泉水はどうなったかの確認作業にかかったのじゃ。悲鳴を上げながら、我輩のあとを追いかけてきたようで、あとは玄関の施錠を外して外に出てしまえば、我輩の役目は終わりじゃ。

その施錠じゃが、なかなか面倒なシロモノで、坂本泉水でなければ無理じゃ。

「お主、開けてくださらんか」

泉水殿の手の動きが見えんほど速かったのじゃった。幸運にも施錠は簡単に外せて飛び出し、神のご加護なのか、奇跡的に命はとりとめた。

すでに、というか、今頃、新潟市にある某テレビ放送局も、物珍しくて、来ていたのじゃ。

こっちゃ必死だったじぇぃ！

まぁえぇわ。坂本泉水は、火傷や精神面は大丈夫かのう。心配になって顔を探したのじゃ。

「泉水殿！　坂本泉水殿！　どこへ行きもうした？」と叫ぶ我輩にぶつかった銭湯帰り風のオバハンが、小さな桶を片手に持ち、タオルを肩にかけて、あぁ、あの子、救急車で運ばれてったよ、などと情報を提供してくれたのじゃ。七〇年代からタイムスリップしてきたようじゃったのが、妙に映ったのじゃ。

泉水殿の命に別状もなく、火傷などで綺麗な肌に損傷がなく、精神面でも、劣化した状況から脱してくれればよいのじゃがな。じゃがの、これでもう我輩と泉水殿との仲は終わりっちゅうことなのかの。この事件で短い時間を共有できた幸せプラス何か。ほんの二、三度、言葉を交わしただけで、愛を告白したわけでもなし、手を握ったわけでもなし、胸を触らしてもらったわけでもなし、ウワッタタタ。ヤラシー話は避けるのが無難じゃ。とにかく泉水殿、今後も楽しい人生を過ごしなせや。元気での。バイバイじゃ。

さびちぃ。こんなにさびちぃのは、生まれて初めてのことじゃ。もう少しで愛が育まれたのではないかと勘繰ってたのじゃが、憧れていた坂本泉水と会話ができ、この世の薔薇色を経験した強みが、今後の人生を右肩上がりに連れてってくれるのではないかのう。そう思っていればよいのかの。愛しの泉水ちゃんじゃった。愛してるぞよ、泉水殿。

それにしても、いくら火事場の馬鹿力といえども、あのときあの場所で、どうしてあんなことができたのか、我輩でもわからんのじゃ。愛の力なのかの。恋する輝男はイケメン〜〜（笑）

我輩は、この程度の精神的苦痛には慣れっこになっておって、屈強じゃから、救急車はお断りしたのじゃ。向こうさんは職業上、健康管理っちゅうもんがあって、救急病院まで無料で送迎してくれるのじゃ。無料っちゅうのは、サービスっちゅうことじゃ。救急車は乗り心地が著しく悪環境じゃし、あのピーポーピーポーが腹立たしい。まぁ、乗らんでよい。

「クマ君。我輩の雄姿を見てくれたかの。お主の飼い主の晴れ舞台を見ることができたのじゃ。感動もんじゃったろう」

ニャー。

そこに各テレビ局のリポーターたちが先を争って突撃してきたのじゃ。そうじゃ、我輩の晴れ舞台じゃ。ウケる発言でもしようかの（笑）

「大人さん。燃え盛る火事のなかに飛び込んでの女性の救出劇、素晴らしかったです。恐怖は感じませんでしたか」

「これでも少し抑えたのじゃがな」

「火傷などなさらなかったですか」

「これしきで負ける我輩ではないわ」

似たような質問がジャンジャン飛び交い、似たような応対をし、似たような終息。よいことじゃよいことじゃ。

我輩は笑い出すのを必死に堪えて、クールに接しようかと表向きになってはいたが、結局はインタビュー慣れもしておらんし、シラケさせてはいかんと思うて、必要以上の会話においては、遠慮させてもらったのじゃ。人助けのほうが、まだ楽じゃ。

「大人さん、お仕事は何をされておられるでしょうか？」

これはこれは、頭が痛くなる質問じゃの。

「ホストよホスト」

「ご冗談を」

「我輩の一流のジョークじゃ。それじゃあの」

昔の西部劇みたいに、農民を助けるためガンマンが盗賊を退治し、女子供を残して去っていく。我輩はそんな風になって、この新潟で、名前を知られるはめになるのかの。馬に乗ろうとしていても、そんなもんはない。愛車のチャリンコにまたがって、風のように去っていきたかったのじゃ。おっとっと。クマ君を忘れておった。散歩の途中じゃった。帰るぞよ、クマ君。

5. 底辺の見えない喪失感

今日は祝いじゃ、と近所のコンビニに寄ってから帰宅し、エスプレッソの缶コーヒーを一本、ゲットしてきたのじゃ。このエスプレッソの苦みに甘さが加わってて、ちょうどいい味が醸し出されておるのじゃ。美味美味。缶コーヒーの最高傑作じゃ。

どうじゃ、クマ君もともにエスプレッソを味わってみんか。いや、子猫がコーヒー飲むなんぞ耳にした経験、ありゃへんがな。ありゃへん、ありゃへん、ありゃへんがな。

どうしたのじゃ。苦しゅうない、近こう寄れ。そう言うてるうち、クマ君が頭を上下に激しく振り始めたのじゃった。

どうしたどうした、クマ君、大丈夫なのかの？　何かの病気が脳にさしてしまったのかの。一心不乱に振っておる。狂ってしもうたのか？　こんなことなら、早めに動物病院で、頻繁に検査をしてもらってれば、結果として、よかったのではないのかの。

いったん止まった。近づいて抱き寄せて、落ち着く。頭を優しく撫でてあげると、間隔をあけてから、先ほどと似たように、狂ってしまったのか、頭を上下に振り始める。クマ君でさえ、なぜこうなるのか、わからんはずじゃ。わからなくてよいのかも。子猫が自分の寿命を知ることができれば、逆に悲劇じゃ。

何度も振った挙句、止まってしまって、動くことすらなくなった。ピクリともせん。さっすがの我輩、大人輝男でも、動揺し、それが絶望に、質を下げてしまったのじゃ。まさか、これが、子猫の死に様なのかの。

我輩は涙を流しながら、クマ君を抱きしめたのじゃ。

「クマ君、お主は死んでしもうたのかの。まだじゃろう。死ぬにはまだじゃろう。我輩と二人三脚で歩んできたのに、こんな早く死んでしまうなんてのう」

軽く閉じられた両目は、我輩に飼われ、幸せじゃった、と我輩の身勝手な発想じゃが、何やら言いたげな、そんなでも、満足して死んでいったものと、受け取らせてもらうけんの。

我輩は、何度も何度も大声で名前を呼んだ。それでも、二度と動くことがなかったのじゃ。

それでも、まだまだ大丈夫じゃろうと動揺しつつも、ガラケーで、行った経験などない動物病院とやらへ電話をしてみても、繋がらん。次から次へと別な病院へかけてみても、だめなもんはだめじゃ。この区域では飽き足らず、片道十キロほどの病院へかけても繋がらんのじゃ。ようやく繋がったと思いきや、

「すでに手遅れでしょうし、その様子では、いらしたところで、私どもでは、対応しかねます」などと暴言めいた発言をしちょる。

我輩は諦めきれず、生まれて初めて怒鳴り散らしてしもうたのじゃ。それでも、どこへかけようと似たような態度で塗り固めてあったのじゃ。

「クマ君！　クマ君！　クマ君！　クマ君！」

何度擦ったりしても、二度と動かんかったのじゃ。

絶望し、触った限りでは、体の熱が冷めてきたようじゃ。すでに間に合わず、この世のものではなくなったのじゃった。

あとから思い起こせば、なぜに、この段階で、すぐにも動物病院へ連れていかなかったのかが、我輩の不徳の致すところじゃったのだろう。あれほど、めんこいめんこいと重宝したはずのクマ君じゃが、今一歩、大切にしなかったのかと、少なからず、ショックを受けた次第じゃ。クマ君。短い間じゃったが、ありがとな。本当にありがとな。ありがとうございました。また会おうの。

その晩は同じ布団に入り、抱きしめながら寝たのじゃ。短い間でも、比較にならんほど煌めきが突出した日々じゃった。笑いあり涙あり、人間として前進するきっかけを与えてくれた、恩人じゃ。大恩人じゃ。人間と子猫でも、愛でくるまっておるのじゃ。

動物病院さえ連れていかず、申し訳ない思いでいっぱいで、顔を見ると、なぜだか、ニャーンなどと媚をうってくるような、そんな顔して眠っとる。さっきまで普通に頭を撫で撫でしてたのが、まるで嘘のようじゃ。そうじゃな、これが死ぬってもんかもしれん。生きてるときは尊くても、死ねば亡骸になって、あとは、記憶の片隅にしまわれてしまうのが、この世の常なんじゃろな。意識に始まり、意識に還っていくのじゃな。

そうじゃった。ペット霊園に予約の電話をせねばならん。就寝が早い時間なので、まだ繋がるじゃろうと、いったん布団から這い出て、ガラケーを手に取る。お別れするのが早いじゃろ。愛着がないのかとご批判を受けそうじゃが、今はまだ真夏のため、肉体が美しいまま、虹の橋を渡らせてあげたかったのじゃ。

とりあえず、明日のお昼頃の予約を入れたのじゃ。タクシーに乗る金はなく、都合のよいバスも通ってないことから、チャリンコの荷台に乗せ、ハンドルを引っ張っていこうかと思ってな。早朝からアパートを出て、五、六時間あれば、何とか到着するのではないか。それじゃから、お昼頃の予約なのじゃ。

クマ君との出会いを頭に浮かべ、何度も何度も頭や体を撫で、めんこいのう、などと繰り返し、まともな睡眠など取れず、徹夜してしもうたのじゃ。

そして、いよいよ、クマ君とのお別れじゃ。めんこくてめんこくて、目に入れても痛くないっちゅうのは、このことじゃ。よい子じゃった。

小ぎれいにして行こうかと、日の出前から髪を洗い、髭を剃り、シャワーで丁寧に身を清めたのじゃ。お別れの儀式を挙行するのじゃからな。もう二度と、抱きしめたり、頭を撫でてあげたり、そうじゃな、首輪をして散歩したこともあったのじゃな。そこで火事に遭い、坂本泉水とともに脱出したり様々な思いが交差するのじゃ。今となっては懐かしく、微笑ましいのう。思い出というものは、やがて美化されて、美しい記憶になっていくのじゃ。悪いことではないのじゃ。記憶が泥まみれになったら、今後の人生までが、汚されたままに変容して、完膚なきまで劣悪になっていくのじゃ。

四十年ほど前に母ちゃんが買っておいた、段ボールの蜜柑箱を出してきて、タオルを何重にも敷いて、そこにクマ君を寝かせたのじゃ。頭や背中をバスタオルで包み、顔を撫でる。それをチャリンコの後輪の上の荷台に上げてから、紐でほどけないように巻く。揺れてもほどけないように。

「行くぞよ」と言うと、ニャーンなんて声が聞こえてきそうじゃ。ペット霊園というても、南区じゃから、ホンマ遠い。帰りはお骨と一緒じゃ。

ドアのロックを確認し、チャリンコ押して、出発進行！

「何で我輩を残して早死にしたのじゃ。身寄りがなくさびちぃのを知っとるのに、何でなのじゃ。これで正真正銘の孤独が復活してしまう。あぁ。さびちぃのう。さびちくてさびちくて、人生に疲労してしまい、ギブアップしそうじゃ」

三条小須戸線を南区に向けて歩き出し、二十分を過ぎた頃になると、チャリンコを押す手が痛くなり、痺れてきたのじゃ。荷台が重いからのう。いやいや。重い言うちゃ悪党になっちまう。

二十分チャリンコ押しても県庁にすら着かず、スピードアップせねばの。お昼頃までに着かんわ。このあっちぇなか、睡眠を取っておらず、汗水たらして歩いて、熱中症の危険があるのう。クマ君が腐敗する前に、どうしても埋葬してあげるのじゃ。ともにいてくれた相手に対しての、礼儀ではある。めんこかったクマ君。愛しておったぞ。

チャリンコ押し始めて二時間が過ぎた。県庁をやり過ごし、新潟県警を過ぎ、南区までひたすら押していく。水で濡らしたタオルでも、頭にかけてくればよかったの。この日射しは何なのじゃ（笑）

少しずつ倦怠感が滲み出てきて、倒れそうじゃ。じゃが、我輩は、軟弱な男ではない。夏の暑さに負けるほど低俗ではないのじゃ。他人様に向けて、低俗などとは呼ばん。今、言うとるのは、己の体力についてじゃ。普段、低俗なんちゅう言葉は使わんのじゃ。

暑い日が猛暑になり、酷暑になっていっとるようじゃ。道路が緩やかに左カーブになっておる。新たに橋が見えてきたのじゃ。聞いた話じゃと、ここを渡って左じゃったかのう。中央区から向こう側は西区じゃ。目的地は南区。まだまだ気の遠くなる道のりじゃ。じゃが、負けはせん。クマ君の弔い合戦じゃからの。目的地まで着かん選択肢はない。

橋を渡って左折した。ここからの道筋が曖昧なのじゃ。初体験の場所なので、方向を頼りに進むしかないのじゃ。どなたか親しい者に訊きたくても、行先のペット霊園がどの辺りにあるのか、知らんはずじゃ。

この辺りは活性化しとるのう。バイパスがしっかりと機能してるので、栄えてきたのじゃな。まだまだ旅は終わらん。それにしても、両手両足が、悲鳴を上げたくなるほど辛くなってきたぞよ。この酷暑に対処できる新潟県民など、そういるものでもないはずじゃ。多分の。聞いた話じゃと、この辺りから曲がって、真っ直ぐ行って右、そして前進、そして左。

こんな挙句、八時間かけてちょうどお昼頃になり、目的地のペット霊園に着いたのじゃ。帰りが真っ暗にならねばよいのじゃがな。

チャリンコから蜜柑箱を下ろし、そのまま抱いて挨拶に向かおうと、チャリンコを玄関口の手前に立てかけさせてもらった。汗まみれになりながら、酷暑の影響でふらふらしてきて、とりあえずは、水道の水を、がぶがぶ飲んで、頭にぶっかけたのじゃ。か、快感。

とにかく挨拶をすますが、チャリンコを引いて八時間の道のりを、話題として聞いてもらう。大変でしたねぇなどと同調はしてくれたのじゃ。

ここでは、過去にガラケーで撮っておいた画像があるので、お別れ会に用いるのじゃ。しばらくお待ちをということで、二十分ほど待たされ、本番ショーじゃ。すでに祭壇が用意されており、クマ君の変わり果てた姿に、我輩は、涙がぼろんぼろん流れてきて、死ぬっちゅうのはこういうことじゃと、改めて受け取ったのじゃ。短くとも、クマ君と共有した黄金の時間は、消え失せることはない。クマ君、何の病気で死んでしもうたのかもついにわからんかったが、本当にありがとうな。楽しかったぞよ。また会いたいのう。

何度も何度も顔を撫で、体を擦り、尻尾を軽く掴み、足も撫で、名残惜しいのう。あと二分もしたら、火葬され、見たくもない、骨だけになってしまうのよな。クマ君。本当に、本当にありがとな。ありがとうございました。お主なら、あの世でも好かれるぞよ。元気でな。

次の段階は、火葬し、少なくとも一時間は要するとの説明を受けた。火葬の間、別館で待たされ、冷房がバンバン効いてて、スンズスィーかったが、体の熱を下げるために、立てつけてある自動販売機で缶コーヒーを買って、トイレにも寄っておいたのじゃ。

待つには待って、そろそろじゃなと腰を上げ、本館に向かう。

お骨拾いをしてから、今日のところは、骨箱に入れ、持ち帰ることにしたのじゃ。しばらくは我輩の部屋に置いて、懐かしもうかと思ってな。

用を足し終わってから、再び挨拶して、帰路に就いたのじゃ。前輪のかごにお骨を入れても、荷台に亡骸をくくりつけるわけではないので、普通に運転が可能じゃ。それでも、二時間半ほどは要するのではないのかの。

来た道を逆走する。信号にぶち当たるたびに、骨箱を撫でる。撫でても撫でても、肉体が変容した思い出というか、意識の世界に到達してしもうた。黄泉の世界に逝っちもうて、我輩は、自らの人生を呪ったのじゃ。もう会えんのじゃ。母ちゃんの世界に行ってしもうた。黄泉の世界で、会っているはずじゃな。

泣き上戸の我輩。またまた、ぼろんぼろん涙がこぼれてきおうた。男は泣くな、女々しいのは男らしくない、そういう人はおるな。我輩は、そげな俗物は相手にせん。温厚な人間しか相手にせん。自分を守る習慣を継続しておれば、敵さえも寄ってこんのじゃ。

日が陰ってきたのう。すっかり夕日じゃ。こげな綺麗な夕日なぞ、初めてじゃ。クマ君にも見せてあげたいのう。骨箱を両手に持って掲げ、燃え盛る夕日にかざしたのじゃ。お主も、あっちの世界に行ってしもうたのう。また逢う日までじゃな。

日が沈みかけ、我輩も含めて無言の帰宅じゃ。誰かが待っててくれるわけでもなし、ともに喜び、ともに泣き、ともに支えあう存在もなし、社会から隔離されておるようじゃのう。

今の時季はコタツとしてではなく、かけ毛布を剝ぎ、テーブル代わりの上に骨箱を置き、今晩は、お別れ会第二弾じゃ。飲めないお酒を飲むのじゃ。下戸さんでも、やればできるのじゃ。むか〜〜しむか〜〜し、生まれて初めての彼女と駅前の居酒屋で、ハイボールなんぞ飲んだのう。ありゃあ美味かった。お酒に関しては初心者なので、笑っちゃうほど酔いが回りやすい。だからか、ちょびちょび飲んで時間をかけることから、吐くまで飲むっちゅう習慣も経験もないの。元カノは、やたらとトイレに走って、戻してたがの。どんな元カノじゃった？　頭脳明晰でルックスも抜群で、我輩の誇りじゃったわ。

「クマ君。ついに逝っちゃったのう。残された我輩は、苦悩の人生が再開され、どうやって生きていかねばならんのか、わからんなったわの。せめてお主がいてくれればのう。本日二度目のお別れ会じゃ。飲んで飲んで飲みまくるわの。お主とのお別れじゃからの、徹底的に飲むわの。そして明日から、また仕事じゃ」

そう言うと、一年前にコンビニで買い、冷蔵庫に入れておいたハイボールを三本、持ち出し、一本目を一気飲みした。両肩をだらんと下げ、前屈になってうなだれる。覇気もなく、人生のすべてから裏切られてしまったような現実を受け入れなければならないのか。受け入れてしまったら、今後の人生は、諦めなければならないのか。諦めたら、その次のステップはどうなるのか。落ち込んで、うつ状態になってしまい、これではいかんと、久しぶりに音楽じゃ。

落ち込んでいるときには楽しく朗らかな曲がよいといわれてた時期があったが、今では研究が進み、うつ状態のときには、暗い曲を聴いたほうが、意外とラクチンだとな。それならばと、クラシックの名曲で、前々から愛着のある、ベートーヴェンの『悲愴ソナタ第二楽章』を聴くのじゃ。悲しいときには悲しい曲で、泣きたい夜には泣きたい曲で。

このピアノの音色。ベートーヴェンの意図としては、どんな心持ちで作ったのかのう。一人寂しくピアノに向かい、泣きながら作ったかもしれんのう。人間的にはよくなかった噂を耳にしたことがあるけども、素直な曲じゃ。人間として劣悪なら、こんな名曲は作れんはずじゃ。この演奏のピアニスト、これがまた粋で、ロシアの精鋭じゃ。そうじゃのう。我輩の心が洗われ、粋がった頃に戻ってきそうじゃ。

我輩は、あの名曲中の名曲、『負けないで』も、景気づけに流したのじゃ。そうじゃ、どんなに辛くとも、負けておられんのじゃ。

じゃが、それでも泣きたい夜じゃ。扇風機の回る音が、やたらと煩い晩じゃ。

母ちゃん、母ちゃん。我輩はこれからどうやって生きていけばいいのかのう。わからん。わからんじまいじゃ。自然と涙が滲んで、畳にこぼれていったのじゃ。しばらくはそうして、ときの流れに身を任せておったのじゃ。

そのときじゃ。

6. 意外な訪問者の、ありえない言葉

ドアをノックされたような、わざとらしい渇いた音が、静まり返った部屋にこだましたのじゃ。

我輩は顔を上げ耳を疑ったのじゃった。なぜに?

大人さん、大人さん、などと、耳に優しいおなごの声だったからじゃ。それも、二十代後半くらいか。我輩を訪ねるうら若きおなごなど、まずおらんはずじゃ。聞き間違いと思って、やり過ごそうと思ったのじゃったが、今晩は居留守などをしてはいかんと、天からの声が聞こえてきたようじゃった。そしてもう一度。あまりのおんぼろアパートで、建てつけも悪くインターフォンなどないが、ドアをノックする客人なんぞ、おるはずがない。じゃが、今度ははっきり聞こえた。こんばんは、大人さん、大人さん、など

と若いおなごの声が聞こえてきたのじゃが、まったく脈略のない我輩に何の用じゃ、こんな夜に思うて、ベートーヴェンや坂○泉水にバイバイし、酔いがさめながら立ち上がり、玄関まで向かったのじゃ。

「夜分にどなたじゃ。某公共放送の者か。我輩はテレビなんぞ持ってはおらんぞ。嘘なんぞはついとらんが」

「夜分遅くに申し訳ありません。先日にお世話になった、坂本というものですが、よろしければ、開けてもらえませんか」

我輩に坂本という女性の知り合いなどおらんかったはずじゃが、と頭を振った。坂本なら、学生時代にファンだったミュージシャンしか知らん。誰かと間違っておるのじゃと受け取って、人違いではないかの、と訊き返した。

「私です。坂本泉水です。先日はありがとうございました」

何ィ？

夏の夜の意外な訪問者に我輩は、いてもたってもいられなくなり、まさか美人局でなければよいが、今晩に限ってそれはないだろうと、大急ぎでドアを開けた。

我輩は目を疑ったのじゃ。初めて見かけたあのときと同じスーツ姿で、美しいままの坂本泉水が立ち尽くしておったのじゃった。

我輩は、かつて経験したことのない感覚に陥り、興奮気味になったのか、暑く長い夜も手伝って、少し理性を失ってしまいそうじゃった。が、何とか我が身を律したのじゃった。

「どうされたのじゃ」

「いえ、近くを偶然、通ったものでして。ここでは何でしょうから、上がらせてもらってもよろしかったですか」

「かまわんがの」

「お邪魔します」

「こげなおんぼろアパートで恥ずかしい身じゃ。笑われても仕方ない。あぁ、座布団をきらしてての、申し訳ないのじゃが、畳の上にでもお座りになってくれたまえ。お茶もコーヒーもなくての、一年前にまとめて買ったハイボールならあるのじゃが、お車でいらしたかの？」

「徒歩で参りました。すぐに帰りますので、おかまいなく」

いったい何の用件かと、アポなし訪問に我輩も動揺しておった。

坂本泉水は我輩からさほど距離を空けず、ちょこんと正座したが、我輩は、躊躇しつつも少し距離を取りながら、向かい合う形になって、胡坐をかいたのじゃ。

あー、足が……。

「よくおいでくださったが、我輩のようなクズ同然の、底辺の暮らしをしてる男に、何の用件かの。しかも夜分じゃし、重要な用事でもございますのか」

「え、ええ。でも、いいお部屋です」

「何もなくて殺風景じゃろ？」

「いえいえ。そんなことありません。大丈夫です、いや、じつは、その、言いにくい内容でして」

何か言いたげで、もじもじしておる。見れば見るほど美しいおなごじゃ。このままうっかりでも押し倒したりなどすれば、我輩も犯罪者の仲間入りになってしまうのじゃな。

「言いにくくとも、何でも聞きますぞよ。お話しくだされ」

「はい。じつは、身の上話なんですが……。あ、いやだ、恥ずかしい」

何だか、顔を赤くしとる。よほどのことなんじゃろな、と思ったのじゃが、もじもじするのも、めんこいのう。

「身の上話？　何のことじゃろう？　我輩にはさっぱりわからんが」

「大人さんって、あの火事のなか、恐怖など感じなかったんですか」

「我輩でも、怖いときはあるぞよ。ただあのとき、何とかしてお主を助けようと、必死の思いじゃったからな。人間というものは、怖いことがあるたびに逃げていては、人生の壁を乗り越えられんようになってしまう」

「素晴らしいです。警察側の説明では、放火された疑いが強かったそうで、近所に住んでいる中学生と聞きました。当日の晩になってから、母親と新潟署に出頭したそうです。まぁ、全焼ということもあって、これからが大変ですね」

「放火じゃったか……」

また、もじもじし始め、それが、際限なく起こり、いっこうに終息する気配がない。身の上話はいいが、我輩に言ってもよいことなんかい。

「私が伺った理由、聞きたいですか？」

「どのような調査方法でここを見つけ出し、ご足労されたのか、我輩は、怒りもない。じゃが、よほどの用件なのは、承知のうえじゃ。じゃからこそ、本題に入っていただきたいのじゃが」

「わかりました。じつは、他界した私の父親が、大手のテレビ局の代表取締役をしていたので、そのつてから、大人さんの住所を調査して、割り出しました。そこで私、もっと早いうちにお礼を兼ねて訪問させていただく予定にはさせてもらおうかと、計画を立てていたのですが、別途の件で様々な方に相談などしていましたら、日数的に間隔が空く形になって、遅れてしまいました。私が、もっと気が利けばよかったのですが、遅ればせながら、こんな夜になってしまいました」

「ほう。そうであったか」

「はい。思えばあのとき……大人さんが命を賭けて私を救ってくださったことに関し、お礼と、あとは……女性からこういう発言って変わり者って思われそうで……でも、お尋ねします。大人さんって、現在、ご結婚されてますか？　または、女性とお付き合いされたご経験ありますでしょうか？」

暗雲垂れ込めていたのが、何やら、逆ナンなのかの？　我輩と付き合って幸せになるプランを立てておられるのか？

「うむ。なくはないが、我輩の人生というものは、他人様の常識では計り知れない苦痛と苦難の歴史であって、小児麻痺だったことから、散々、嫌がらせなど受けてきたのじゃ。じゃがの、我輩は、負けるのは、死ぬほど嫌じゃ。死んでも嫌なのじゃ。人生とは、喧騒や競争に勝利するためではないが、試練を乗り越えるためにあるとの自負が、我輩の経験から得た結論じゃ。人生は乗り越えるためにあるのじゃと我輩は、結論づけたのじゃ。この理論には、絶対の自信があるのじゃ。人を愛するときもそうじゃ。愛することに競争がある場合もある。じゃが、それは、愛する行為に制限が伴い、本来の愛する行為に反する場合が生じる。愛する本質とは、少しばかり意味合いが変わってしまうのじゃ。その段階でも、乗り越える意志が必要になると、我輩は思っておる。夢を叶える場合でも同じじゃ。道楽を捨て、這い上がる場面が、人生では、人間として表現すべき点じゃが、それも、乗り越えてしまえばいいのじゃ。面倒で耳障りな長い説法で申し訳なかったの。いや、悪かったの」

「大丈夫です。私は、そういう大人さんの魅力に惹かれました。大人さんの最大の魅力って、男としてだけではなくて、人間としての器の大きさが、他の男性とは、まったく別次元なだけでなく、偉大なる思想から反映された行動に昇華されて、異質な人物としての最大たる所以として、行動として現れたのですね」

それを聞いた我輩は、背中が、こそばゆくなったのじゃ。そげに我輩の言葉に魅力があって、器が大きいなど賛同してくれたおなごなど、出会った過去が、皆無じゃったことから、坂本泉水の、今晩の要件は何じゃったのだろうと、訊き返そうとしたのじゃが、その必要はなく、向こうさんから、唐突に迫ってきたのじゃった。

「大人さんの独特の人生論は、大変素晴らしいです。今後の参考にするため、私も人生勉強させてもらいたい。よろしければ、私と結婚を前提としてお付き合いしていただけませんでしょうか。大人さんの命知らずのお姿や魅力に惹かれました。女の私からなのは変でも、あなたと人生をともに歩ませていただけませんでしょうか」

ガビーンと頭上に落ちてくるものがあったようで、我輩は、完膚なきほどに打ちのめされたようじゃった。

「お主は本気で言っておられるのか」

「バラエティー番組のドッキリではありません。大人さんほどの方なら、ぜひ、お願いしたいです」

「気持ちは嬉しい。じゃが、我輩のこのアパートの一室をご覧になって、どう思われたかの？　決してお主のような生活はしておらんし、我輩との貧乏暮らしに耐えられるのかの。第一、我輩は、この年齢じゃし、両足に障がいがある。魅力もない。それでもよいのかの？」

「気になさる方はいらっしゃるかもしれません。ですが、私は、中学生の頃から、両親からの教育の一環として、お体の調子が優れない方の通う施設に、一種のボランティアとしてお世話になったりしていて、人生を必死なだけでなく、懸命のリハビリをしながら切磋琢磨されていらっしゃる方と、お友だちにならせていただいてましたので、偏見など一切ありません」

このセリフに、さすが我輩の惚れたおなごじゃ。若いのにしっかりしとる。容姿端麗なだけでなく、芯の詰まった、結実した、本当の美女とは、まさしくこのおなごじゃ、と理解したのじゃった。

そこで、だめ押しがあった。もう、反論などする必要などまったくなくなるはずじゃ。

「聞いてください。恋愛に財産や障がいは関係ありません。必要なのは愛であって、当事者同士に愛があるかで決定されるはずです」

「我輩は本気と受け取ってよろしいのか？」

「はい」

これってコントなのかの？　我輩はピエロを演じておるのかの？　こげな美しいおなごから告られるなんぞ、生まれてこのかた、経験がないぞよ。我輩と交際をスタートさせたところで、幸福の種が蒔かれるわけでなし、退屈どころか、いずれは、偏見の嵐に巻き込まれ、挙句は、呆れ果てられることになるのは明白じゃが、それでも、このおなごの眼差しは聡明で、異様なほど燃えたぎっておるのが目に映ったのじゃ。

「本気の本気か？」

「中傷するために夜分、お尋ねしてくるってのは、ないでしょう？」

やはり逆ナンじゃ。それも、何々、結婚を前提にしてお付き合いしてくれぇ？

「その前に、一つだけ訊きたい。なぜに夜なのじゃ？　お主は、夜の世界にいたわけではあるまい？」

それはそうじゃの、と我輩は、あほらしい質問をしたものじゃ、と自らを嘲笑してしもうた。

「特に理由などありません。あるとしたら、朝から夜の今時分まで、訪問するかどうかで悩んでしまって、女友だちに相談してたんです」

「そうであったか……。それはわかった。それならば、我輩がOK言うたらOKなんじゃな？　ただ、我輩が怖いのは、お主が美人局な場合じゃ。言いがかりを受けて、金銭を巻き上げられれば、困ったものになる」

「そうじゃないんですよ～。は、話が噛み合わない。う～～ん、困ったな……」

「承知した。お主の言葉、嬉しかったぞよ」

「よかったわ！　本当によかった！　これからはカップルとして、よろしくお願いします！」

何が何だかわからんうちにカップルとして成立してしもうたのじゃ。この先には、結婚が、首を長くして待っておるのじゃな（笑）

その晩は、最後に残ったハイボールを半分っこに飲んで、語り合った。あのビルの前で清掃していた日のこと、あの火事の日のこと、今後の人生設計のこと、ここ新潟で、少しは有名になったこと等々。

我輩からの視点じゃが、カップルになったとて、いきなり肉体関係を迫ったりはせんかった。我輩がＯＫなら、向こうも同調するのかのう。足に障がいを持ってたとしても、人間性がしっかりとしていれば、人生は、何とか動き出すものなのじゃな。信念を持って前進する人生なら、おなごは、ついてくるものなのかのう。素晴らしく晴れやかな心情が募っていくのう。

深夜になってお帰りの時間じゃ。ガラケー使ってタクシー呼んで、しばらく時間が空いた。着いたらクラクションを鳴らしてもらう約束じゃったが、見過ごされたらいかん思うて、アパートから出て待つことにしたのじゃ。

夜中の二時半になって人の往来は、めっきり減った新潟の夜じゃが、たとえ暴漢が襲ってきても、鍛え上げられた我輩は空手三段じゃからの(笑)、怖くはないのじゃ。嘘じゃ(笑)

そこで、我輩は、今晩の記念に、チューしてよいのかの、と訊いたら、もちろんいいですよ、当たり前ですよ、などと言うのじゃった。

この辺りは、幸運なことに、歩道にある照明の輝き具合が、あまりにもムードがある。その煌めきのまま、燃えるようなキスをしたのじゃった。

最初は唇を挟むようにして、お次は舌先を合わせる感じにして、最後の段階では燃え

るように絡めあったのじゃ。三十年ぶりの悦楽に、我輩は飛び上がって喜びを表現した。五十にもなってガキみたいじゃ（笑）

その瞬間を堪能していると、クラクションが鳴った。邪魔されてラブシーンが終了するお時間となりました。今日はこれでお開きじゃな。

「泉水、気をつけて帰るのじゃぞ。帰宅する頃、メールするぞよ」

「うん。それじゃ、またねー。おやすみなさい」

二人でバイバイして、今日も終わった。じゃが、この年になって、青春時代が復活するとは、まさかの展開じゃ。こげな幸せがあっていいものか。五十にもなっていて、ようやく理想の女性とお付き合いできる喜び。人生というものは、自分を鼓舞してくれる存在を愛し、障がいがあろうとも、壁にぶち当たっても、信念を持って、逃げずに乗り越える。それに尽きるのではないのかな。

7．我輩の思い描いていた、幸福な人生

それから一年が過ぎた。

今日も安住とともに清掃の仕事に精を出しているのじゃ。また、今年も暑くなってきておる。今日は清掃にはむかん暑さで、階段の上り下りやモップがけ、屈んでの床磨きなどが体力を消耗し、奪ってゆく。年齢のせいか、やたらと疲労が蓄積し、通勤でのチャリンコ運転も、面倒くさくなってきたぞよ。

我輩の陳腐な人生を、クマ君が確かな道筋にいざなってくれたのじゃ。そして、役目を果たしたと受け取ったのか、風のように去っていったのじゃ。愛してるぞよ、クマ君。死んでも大切な存在じゃ。動物愛にしても、永遠はあるのじゃ。

「お主、今日の昼飯は何じゃ？　早弁は許されんぞよ」

「そういう大人さんは、愛妻弁当でしょ。うらやましーなー」

こんな我輩にも、子供が誕生したのじゃ。そうじゃ。泉水との子じゃ。カップル成立後すぐに挙式し、愛の結晶が産まれ、平凡ではあるが、幸せを満喫しながら、清掃のお仕事に励んでおるのじゃ。そういう点では、まずは、泉水に感謝せねばな。安住にも。そして、

死んでしもうたクマ君にもな。

「今度、お主にも彼女を紹介してあげようかの」

「お願いできる？」

「もちろんじゃ。我輩は悩める少年には優しいのじゃ。好みのタイプはどんなおなごじゃ？」

「大人さんの奥さん！」

「だ、黙れ、この無礼者！」

我輩と安住のコントみたいな会話。ふざけて言い合ってるのが了承済みなので、本気になって怒りあうことはない。ましてや殴り合いもない。安住と我輩は、持ちつ持たれつの関係で、一年以上の付き合いじゃからの。年齢の差があっても、親友じゃ。

嫌がる安住まで、結婚式に呼ばせてもろうた。安住の奴、感極まって、涙ぐんでおった。彼のことも幸せにしてあげるべく、案を練ってあげてるところじゃ。こういうところが、我輩の長所なのかもしれんな。

そうじゃのう。近いうちに彼女を紹介してあげるかの。我輩というより、泉水関係から、素敵なおなごを会わせてあげるかの。安住も純粋な少年、年頃じゃ。

「お主、マジで訊いておるのじゃぞ。彼女くらい欲しい願望があるなら、はっきりと言えばよかろう」

「そうだなぁ。まずは、清純派で、可愛くて、ナイスバディで、優しくて、ファッションセンスが抜群で、動物好きで、貞操観念がしっかりしてて、絶対に浮気はしないで……」

あまりにも馬鹿げてて、あほくさくなった我輩は、そこで制したのじゃ。

「お主はアホか？　彼女の紹介なんぞ、せんたってよいみたいじゃの」

「ごめんごめん。冗談抜きで俺のタイプってそういうもんなんだよ」

「基本的には、日本人男性なら、みんなそうじゃ。けども、人生経験で、それをどうやって実現可能にするか、路頭に迷いながら、成長してゆくのじゃ。やみくもに、理想を語るものではないわ」

「人生って、そういうもん？」

「そうじゃな」

「グラドルなんていいな」

我輩以上に女好きで、前々から足りない男じゃとは思っていたものの、結局は、ルックスでしか人を見ることができない少年じゃ。じゃがの、たとえグラドルいうても、我輩の愛する妻、泉水は、世界一の美女なのじゃ。一年経っても評価は変わらず、我輩のナンバーワンじゃ。知り合いから聞いても、結婚すると、付き合っていた相手の評価も落ちていく一方になるそうじゃが、愛があればそれでいいのじゃ。自分が本当に心から憧れ、親身になってもらえる女性なら、命も賭けられるものじゃ。人生とはそういうものじゃ。決して肉体だけ愛し、性の欲求だけを追求することは馬鹿げており、純粋な観点から、愛する。それでは、愛するとはどういうアクションをすればよいのか。カップルなら、彼女の尊厳を認めてあげることから始まるのではないかのう。単にチューしてセックスするだけではなくて、相手の尊厳の確認じゃ。それなしにカップル成立はありえんし、ましてや結婚などは無理ではないのかのう。自分を心から大事に扱ってくれて、奮い立たせてくれる女性。母ちゃんも素晴らしい方じゃった。その母ちゃんとどっこいどっこいだったのが、坂〇泉水。その人とどっこいどっこいなのが、坂本泉水。我輩の嫁さんじゃ。まぁ、何はともあれ、何が何でも、我輩の人生プランは、右肩上がりになってく一方じゃ。よいことじゃ、よいことじゃ。

「グラドルだったら、あの子もいいなぁ〜〜。そうだな〜〜あの子もな〜〜」

まだ言うちょる（笑）

安住の人生経験じゃと、まだまだじゃの。もっと人間として、男として、自らを追い込み、様々な経験をし、知識なども豊富にしておかんと、今どきのおなごとは、やっていけん。かわいそうではあるが、安住は、まだまだ未熟じゃの。これからじゃ。我輩はこれからどうするかじゃが、子供が誕生して、嬉しい盛りじゃ。男の子か女の子か？　な、何と、男の子で、一人息子っちゅうわけじゃ。大事に、大事に育ててまいろうかとな。

安住はまだまだ人生の修業がなっとらん。我輩が目を細めて、清掃の場を眺めている段階では、まだまだ高みには到達しておらん。それに、我輩の収入の面では、まだまだ追いつかんが、泉水は育児休暇を取得してるし、仕事場への復帰は、まだまだ先になるとのことじゃ。嫁のほうに収入が偏ると、夫に冷徹に当たってくる場合もあるっちゅうので、我輩の今後も、怪しくなっていく可能性があるのかもの。それでも、二人三脚で邁進していこうかと、プランを立てておるところじゃ。そんな我輩も安住も未熟じゃが、一日一日のお仕事を、まずはこなしていかんばの。

「安住、お主の箒のかけ方、それじゃ、だめじゃ。こうやって斜めに傾けながら掃かんきゃの。そうそう、そうじゃ」

安住の前で箒のかけ方を披露するが、暑くて暑くてバテてきたのじゃ。いやぁ〜〜疲労がたまった。すまん。少し座らせてくれんか。いいよ、言う優しい安住。掃き終わって、ようやくゴミがのうなった。我輩も、おなごのことだけを頭に入れて生活していくわけではないが、お仕事との両立をはからんばな。

そこで、いてもたってもいられず、大声で叫びたくなったのじゃ。

「そうじゃ、我輩は清掃人じゃ。ゴミはもうないっ！」

（終）

タイムマシン・デイドリーム

1. 意外な発明

直木賞作家の一条将貴は、朝七時に一番乗りでファミレスに入った。検温や掌の消毒を終えてテーブルに着くと、マスクを外し、リモコンを駆使していつものモーニングメニューを注文する。

が、食事にありつく前に、昨日、購入したばかりのデジタル腕時計で、何気なく日付を確認した。

二〇二二年十二月二十四日。

しばらくすると、ロボットがテーブルまで運んできてくれるのだが、普通に言葉を発しているのが、ユーモラスなので、一条は笑みを浮かべた。

味を堪能しながら食べ終えて、マスクをする。空いたグラスを二個、並べながら、時間を忘れ、ノートパソコンを用いて小説を打っていると、いきなりスマホが鳴った。

トートバッグからスマホを取り出して、表示を確認すると、知り合いの発明家、恋三郎からだった。社会的にその名前が広く知られているわけではないが、数々の特許を得て、悠々自適な生活を送りながら、ここ新潟市に居住し、発明を続けている。

スマホを耳に当てた途端、向こうは勢いよく喋り出した。

「将貴さんか。今すぐ来れないか」

「おはよう。来れないかって、この時間帯はパソコン打ってて仕事中だ。タイムマシンでも発明してないと行けないぞ」

「発明したんだ。人類の常識を真っ向から覆す大発明だ。何しろ、タイムマシンだからな！あのファミレスにいるんだろ。俺は万代にいるから、近距離じゃないか。歴史的瞬間に立ち会いたいだろう」

よほどの思い違いか、妄想だな、と申し訳ないが、薄笑いをしてしまう。

「これだけ騒ぎ立てているわけだから、相当な期待をしていいんだな。わかった。すぐ行くよ」

ノートパソコンやマウスなどをトートバッグにしまい、念のためトイレに寄る。黒いスキニーデニムを穿いているが、脱いでいた薄いグレイでチェックのジャケットにベージュのダブルトレンチを羽織って、支払いも済ませ、店を出た。万代まで徒歩十分。

幸いなことに、今年の新潟市中央区は暖冬で、クリスマス・イブなのに積雪がないのは珍しい。カップルがこの一年で最もお盛んになる晩だな、などと一条は、にやつきながら、軽い足取りで、万代に向かった。

階段を上がって左に曲がり、大手のコーヒーショップ前で恋三郎が視界に入った。一条より十歳年少で四十代半ば、背が低く小太りで丸顔、焦げ茶色のブルゾンに、紺色の、へんちくりんなスラックスを穿いている。そのうえ、妙にマスクが似合っていて笑ってしまう。いかにもおっさんらしいのが、少々、うさんくさい。

一条は右手を挙げた。

「人類の常識を真っ向から覆す大発明だって聞いたぞ」

一条は笑いを堪えながらでも、期待はしている。大発明家の恋三郎なのだから。

「まずは見てくれ。午前九時を回ったところで、意外にも人通りが少ない。発明とは、この紳士トイレの奥の個室にある」

一条は、ブツクサ小声を発しながら、先に入っていった。くっせぇぞ、などと不満を漏らす。追ってきた恋三郎が、背後から右手を伸ばして、一番奥の個室のドアを開けた。いちだんと悪臭が漂い、不快になる。

「何もないじゃないか」

この個室には、特に変わったことなどなかった。

「この個室自体がタイムマシンなんだ」

言われた一条は、はっとした顔つきになったが、顔面の神経系統に異常が発生したような、呆れ顔に変貌した。

「この便器がタイムマシンなのか？」

大阪のおばちゃん相手だったら頭をはったきつけられるぞ、と言いそうにもなった。一条は疑念しているが、それでも恋三郎は、マスク越しでも、満足そうに目が笑っている。

「おかしくなってしまったようだぞ。大丈夫か？　発明したのはいいが、本当に使えるのか？」

「よく訊いてくれた。笑っちゃうだろうし、信じてもらえそうにないが、さっきテストはしてみたから、使用可能ではある。これはあくまでもタイムマシンだから、一般の便器とは使用方法が異なる。便器に向かって左に器機を装着した。『おしり』を押し、プラスが未来、マイナスが過去。『やわらか』が確定。で、『停止』が、タイムスリップしている際のストップボタンだ。そしてこの個室が、俺自身に改造されたタイムマシンというわけだ」

「マジで言ってるのか。昔のうさんくさい小説や映画でもこんなんないぞ。本気で言ってるのか？　証明してくれよ」

一条は、怒鳴り気味にまくしたてたが、恋三郎は、余裕綽々で、にっこにこしているのに変わりない。

「どの時代に行くか、または、誰を連れてくるか」

恋三郎が言うと、

「一条さんは洋楽が好きだよね。ポニーとかはどうなん」と加える。

「彼を連れてこれるわけ？」と一条はあえて訊いてみた。

恋三郎は、

「俺は笑っているだろ？」と、はにかんでみせる。

「やればできるということか」

「テスト的に過去をのぞいてきた際、ここの建物の三階で、高校時代の俺にカツアゲしてきた先輩を偶然、見かけた。一人だったから、呼び止めて殴り、トイレまで逃げてきて、すぐにタイムスリップしてきた。探しても見つからんだろ。三十年後のおじさんになってたから、顔立ちも変わってて、わからんはずだ」

「恋ちゃんは気が小さいなぁ」と一条は笑うしかなかった。

「それはいいよ。まずは、ポニーでも連れてくるか。三人までにしよう」と恋三郎は、意思の疎通を促してくる。

「ポニーだけでなく、ディーンもヒーローだったけども、あとは六〇年代に世界一のロックグループだった元リーダー、ジョニーとかは」と一条は苦笑する。

「他界したミュージシャンばかりだな」と恋三郎の弁に、一条は爆笑してしまった。

彼は、洋楽マニアで、六〇年代以降の、いわゆる天才肌のミュージシャンは、ほとんど聴き入り、CDを網羅している。新たに時代を作ったか、あまりにも時代を先取りしたために受け入れられなかったとか、最先端の波に乗っていたか、などを好む。

「じゃあ、将貴さん、ポニー、ディーン、ジョニーの三人を、今から過去にタイムスリップして連れてくる」

「そんなことが実際に可能なのか？」

「取り乱してるね。それぞれの時代や地域が違うことから、手間はかかる。同意してくれるかも未知数。とにかく、ここで待っていてくれ。じゃ、ドアを閉めて、内側からロックする。行ってきまーす」

二人は軽く手を振り、しばしの別れを惜しんだ。

バタン。ガチャッ。ブーン。グルグルグルグル。ゴー。

強烈な爆音が鳴り響いてから、一条は、タイムスリップしていったばかりのドアを開けようと試みた。ドアを蹴ったり、ロックを外そうとしても、開けることはできなかった。ドアのふちまで上って確認しようとも思ったが、自らの甘い行動を否定した。とにかく恋三郎を信じて待つ。

三人分、それも、アメリカ、イギリス、国籍や年代まで違う。どうやって連れてこれるのか、一条の能力外の行動を、恋三郎に期待するしかなかった。

待つという行為は長い。長く感じるのが、待つという行為だ。しかし今回のこの待つという行為は、すぐにも完了した。それもそのはず、過去から現代に戻る際、時刻の設定が容易に可能なので、結果的に二分とかからずタイムスリップを終えたらしく、複数の大きな声が、ドアの内側から聞こえてきた。しかも、すべて日本語だ。

「ここが新潟市ってわけだな、えぇっ？」

少しいやらしい声だ。もしかしてポニー？

「ジョニー、日本は久しぶりだろう？」

「そうだな、ディーン。君もだろ」

どうやら、これらの会話から示されたことから、幼少の頃から洋楽好きの一条は、この上ない幸福感に満たされた。お三方を敬愛し、尊敬し、崇めてきた。レコードやCDを何枚手に入れ、カラオケでひんしゅくを買いながらでも、何度、歌ってきたことだろう。

個室のドアが開いた。

最初に現れたのは、小柄で出たがりのポニー、ディーン、ジョニーの順だったが、当然のごとく初対面だった一条は、目をキラキラ輝かせていた。最後に恋三郎が決まり悪そうに出てきたのだが、アメリカで人気の絶頂を迎えた三人の女性ミュージシャンたちをお誘いしても、恋三郎の年齢や容姿から、ファックユーと突き放されて、実現しなかったそうだ。

そこで、

「臭うから出ようぜ」とポニーからの提案があった。

みんなでぞろぞろとトイレから出ると、お三方は、なぜか日本語を操りながら、初対面だな、よろしく、と握手を求めてきた。国際交流。

ポニーは、自らの最高のヒットアルバム、『パープル・レイン』のレコードジャケットから抜け出してきたような、純白のシャツに紫のド派手なスーツを着込んでいる。聞くところによると、実際に、ライブ中に連れてこられたらしい。

お次はディーンだ。八〇年代における代表作の頃の、金髪で黄色いスーツを着用している。ステージで美声を披露している際に、これまた、引っ張ってこられたそうだ。それでも、彼の絶頂期そのままで、一条まで嬉しくなってくる。

最後になるが、ジョニーは、時代を感じさせるようなサングラスで、上下水色のデニム生地で揃えているが、少し肌寒いかもしれないうえ、奥さんと散歩している最中に、無理矢理引っ張ってこられたそうだ。取り残された奥さんは、心配していらっしゃるだろう。

一条は恐縮しながら、マスクはしないんですか、と言い放ってしまった。このご時世なので、別段、不自然でもあるまい。

「タイムマシンに乗車中、恋三郎から説明を受けたぜ。世界中にコロナウイルスが蔓延していて、死者が何千万人といるらしいな。俺たちは過去に生きていることから察するに、何らかの都合で、ウイルスに対して免疫を持っている可能性があると。だからマスクも必要ないし、科学的な根拠があるのかどうかは不明瞭でも、今日は楽しもうぜ。日本語に挑戦してみるが、よろしくな」とポニーが握手を求めてくるが、お次は、かすれたような女殺しの声で、礼儀正しく挨拶してくる。

「こんにちは。私はディーンです。あなたは直木賞作家だそうですね」

「そうなんです。ベストセラーにさせていただきまして、全国的にペンネームだけは浸透してしまいましたよ」

憧れていたディーンとの初対面に感激しながら、握手し、交流を深めている。

このなりゆきをジョニーは、順番が違うじゃねーかよ、俺が最後かよ、の表情を作りながら、傍観していた。

「ジョニーさん。遅くなって申し訳ありません。あなたは、あの世界一偉大なグループのリーダーをされていた。数々の素晴らしい楽曲を世に生み出された功績は、まことに素晴らしいものです。あなたは私の神様です。心の底から尊敬しています」

両手を使ってがっしりと握手する一条は、幼少の頃から、年の離れた兄より楽曲を聴かされていて、ジョニーを自らの神様扱いしている事実に、嘘偽りはない。偽る必要もない。

この令和に唐突に現れたお三方、ここ新潟市で、何をする？

一条は即決すると、こう宣言した。

「よーし。みんなでカラオケに行こう！」

「カラオケって何だ？」

顔を見合わせているお三方は、過去の方々なので、カラオケなど初体験だろうし、活動されていたときにはなかったかな、と一条は首を傾けた。だが、スーパースターとご一緒できる、最初で最後の大チャンスなので、得た魚は大きい。容易に逃がしちゃだめ。

「将貴さん。俺は仕事があるから、ここで失礼させてもらうよ」と恋三郎は意外な発言をぶちかます。

「恋ちゃんも一緒しようぜ」と迫っても、

「外せない用事なんだ。ただ、俺の私用により、彼らを過去に送り帰さなければならないのが七時。だから六時半までに必ず戻ってきてくれ。それがタイムリミットだ」とのこと。

言い終わるか否かで恋三郎は、くるっと背中を見せ、すたすたと行ってしまった。カラオケ行ったことないんだろ、まさかね、などと一条は呟いた。

そして腕時計で時刻を確認した。

九時四十分。

新潟駅前のカラオケ店なら、十時開店のはず。徒歩なら時間的にちょうどいい。

「みなさんは寒くないですか。ここは新潟市で、季節は冬。しかも今日はクリスマス・イブです」

「俺たちの冬は寒くないぜ！」とポニーが放つとジョニーも続き、

「ここでは娯楽がカラオケしかないのか？」などと向こうっ気の強さを露呈して煽ってくる。

「この辺は新潟市でも最高の繁華街で、これから行くカラオケ店は、新潟駅前に位置するので、時間帯によっては、人で溢れかえってますよ」と一条は微笑んでみせる。

「気温に耐えられるなら、行きますか。みなさん、意外と厚着してますし、今日は比較的気温も高いですしね」と付け加えた。

一条は先頭に立って新潟駅前まで案内しようと、辺りを見回した。この辺の商業施設もそろそろ開店することから、お客さんも、ちらほら見えてきた。このお三方は、ここ新潟市でも知名度が著しく高く、四十代以上の世代なら、特に顔は割れている。

「あっ、ごめんなさい」

若い女性の声が響いた。

四人でその方向へと顔を向けると、新潟市ではもったいないほど美しい容姿だった。膝下まで届く白いチェスターコートにピンクのタートルネックセーターや黒いスキニーデニム、上品な黒いショートブーツを身に着けている。

一条は、この女性は、あまりにも美しいため、とりわけ、目立つこともあって、元人気女子アナの杉崎愛子だと、すぐに確信を持った。間違いない。

一条は彼女を見て、一種の朱鷺をイメージした。何の汚れた様子のない白い翼で、宙を飛ぶ気高さを身に着けているので、一瞬にして、その比較が不可能になるほどの美しさに、今一度、心を動かされた。

ディーンは、失礼しました、などとお詫びしていることから、若い女性が、トイレから出てきたところ、彼と接触したらしい。

「あれぇ？　ディーン？　七年前だったかに亡くなりましたよね？　こんなところにそっくりさんですか？」

「ワタシハ、ホンモノデス」

「ホンモノデスって、日本語が堪能なんですね。本物のはずはないし、それにしてもよく似てますね。撮影ですか？」

一条は真っ先に挨拶しようと、声をかけた。

「初対面で申し訳ございません。杉崎愛子さんですか。私、直木賞作家の一条将貴と申します」と軽く頭を下げた。

「あ、直木賞作家の一条先生。初めましてですね。杉崎愛子と申します。今日は撮影ですか。ポニーとかディーンとか、ジョニーのそっくりさんと、新潟市でロケをされてるんですね」

これにはさすがに一条も困惑して、タイムマシンで、日本の、しかも新潟市まで連れてきたなどとは言えまい。そっくりさんを集合させて撮影だ、などのほうがまだマシではあるけども、杉崎さんともカラオケをご一緒できれば、いちだんと楽しみが増す。誘ってみるのもありだろう。

「そうでもないのですが、まぁ少し重要なわけがありまして、これから新潟駅前のカラオケ店に行って、みなさんと楽しいひとときを過ごそうかと計画を練っておりました。ご都合がよろしければ、ご一緒にいかがですか」

「私？　私ですか。お誘いしていただけるのであれば、ぜひぜひ」

「それはよかった。それでは、ご一緒に参りましょう。

みなさんにご紹介します。こちらの美しい女性は、杉崎愛子さんとおっしゃって、絶大な人気を誇る女子アナさんです。本日のカラオケにご一緒されますが、みなさんもよろしいですよね。何かご不満な点でもあれば伺いますが、ないですよね。それでは出発しますよ」

五人でぞろぞろ歩き始めた。十時近いことから、通行人や自動車などが増えてきた。スーパースター集団なので、とにかく目立つ。

この建物から出て、新潟駅前までの近道を通るが、杉崎愛子が、一条と並んで歩く。他三名は、流暢な日本語を用いて、盛り上がってる。

「杉崎さんは、今日、お仕事ではないんですか？」

「愛ちゃんって呼んでください。私が人気絶頂のときから、みなさん、そう呼んでくださっているじゃないですか」

「そうですね。じゃ、愛ちゃんで」

「はーい。昨日は競馬場でロケだったんですよー。一泊してから、お昼頃に帰京する予定にしてたんですけど、新潟市は本当に久しぶりだし、ここにいらっしゃるみなさんは私、大ファンだから、今日の遅くになってもいいかな、なんて」

「ほう」

このとき、愛ちゃんは嘘をついた。のちほどわかることになる。

人波をかきわけかきわけ、信号を守りながら、横断歩道を何度も渡って、ようやく、駅前のカラオケ店に到着。

2. カラオケボックスにて

自動ドアの前に立つと、すっと開くことから、一条は、腕時計で時刻を確認した。十時を数分、回っている。

店内に入って階段を二階まで上がると、すぐにフロントがある。

二十代に見受けられる女性の店員さんは、ポニーやディーン、ジョニー、一条の顔には反応せず、マスク越しの杉崎愛子に驚いていた。

メンバーズカードを持っている一条が応対を始める。

「五名様ですね。フリータイムですと、本日は年末年始用の料金なので、ご予約もされておりませんし、途中で退席の場合もございますが、よろしかったでしょうか」

これにはポニーも納得がいかず、

「いいかい、俺たちゃタイムスリップして過去から来てるんだ。クリスマス・イブをこの新潟市で楽しむために、選ばれてきてるんだぜ」と恫喝している。

言い過ぎだ、とディーンやジョニーは、肩をすくめているが、一条は、あくまで冷静に対処する。年末に予約しないで入店するお客など、ほぼいなかったことに、気づかない道理は、間違いなく皆無だ。

「申し訳ございません。我々はマニュアルを守ることしか、指導されておりません。どうされますか」

一条は背後の彼らに向き直り、

「途中で退席でも、時間が続く限り歌いましょう」と告げた。

女性の店員さんは、安心した様子で、

「それでは、エレベーターをお使いになり、一つ上の階に移動をお願いいたします」とのお返事だった。

一条はプラスティックの小さなかごを渡される。彼らの背後に真っ赤なドアのエレベーターがある。ドアが開いても、五人は乗れそうにないことから、一条と愛ちゃんは、階段を利用した。何しろ、過去からのオブザーバーたちは、優遇されているのだから。

二人は、階段を登り切り、一つ上の階に着いたが、エレベーターの中での会話が漏れてくる。ポニーの声がよく通るので、煩いのは確かだ。

それを耳にしているディーンやジョニーは爆笑してる。そのままドアが開いたので、いちだんと声が拡散し、他のお客さんたちも、マスクの内部から、ゲラゲラと大きな声が漏れている。

一条は先頭に立って、ルームナンバーを確認しながら、奥へ奥へと進む。見つけると、こっちです、トイレの手前です、と声をかける。

出たがりのポニーは一条を押しのけ、ドアを開けると一番乗り。一人ずつ入っていく。

そこにディーンが輪をかけるように、

「マジで狭いな。ここよりスナックのほうがよくね？」などと自ら作り上げたイメージを一掃するような言葉遣いをしたので、愛ちゃんにウケている。

みんな、学生時代に戻って、天真爛漫になっているようだ。

八〇年代に青春時代を謳歌した人たちは、カラオケで歌う行為とは、金銭的に安上がりで済むだけでなく、友人と戯れながら貴重な時間を共有し、食事も摂れる。時間が過ぎるのが遅いので、カラオケ店という存在に拍手したくなる。今、一条たちも似通った境遇に入り込んでいる。

「みなさん。ドリンクバーがありますので、ご一緒しませんか。あ、一人、残らないと」

と一条は気を利かすと、

「ドリンクバーって何だ？」とポニーが大きな声で質問する。

「ディーンさんにジョニーさん、ドリンクバーなんて知ってますかい？」などと粋のいい質問を続けるが、ジョニーは首を横に振る。見かねたディーンが、

「八〇年代、東京にツアーで来日した際、日本人ミュージシャン仲間に誘われて、こういうタイプのカラオケボックスではなく、ライブ形式の、だだっ広いお店に誘われたことがある。ミュージシャンは先を争って寄る場所だった」と少しばかり年季の入った自慢をするものの、何も悪くない。

「いや、だから、ドリンクバーなんて初体験っしょ？　ディーンさんはそのとき、ドリンクバーありました？」と彼は訊いてくるが、

「ないな」と、ディーンもいつしか露骨な表情になっている。

一連のやり取りを見ていた一条は、

「とにかく歌っていると口が渇きます。なので、喉の潤いのためにも、必要不可欠です」

と諭すと、掌を返し、

「それならば、私が残ります。面倒でも、貴重品は、お持ちになってくださいね」と決断した。

言葉に負け、愛ちゃんはチェスターコートを脱いでハンガーにかけ、バッグを持ち、オブザーバーたちとともに、重いドアを開け、ぞろぞろと出ていった。

愛ちゃんキレイなんだよなー、俺、ファンなんだよなー、などと一条は、かつてなかったほどの機会を神様がお与えくださっている実感に浸るとともに、人生のプランとは別に、結婚をしてこなかった。まかり間違っても直木賞作家、相手を探し、見つけ、結婚など、できないはずがなかった。八〇年代の洋楽を好んでいた世代からでも、三十代後半の愛ちゃんは、格別に魅力的で、捨てがたい対象だった。その女性とこうしてカラオケを通じて、同じ時間や空間を満喫できる悦楽を、今日だけにするのか、永劫的に状況を進められるのかを、必要なだけ、突き詰めていかねばならないな、と思ってみる。

愛するると、ポニーのよく通る声が通路から響いてきて、テンションが上がってるのか、愛ちゃんの声も弾け飛んでいる様子が、見えなくとも把握できた。

直木賞作家と、三人の世界でも指折りのスーパースター集団、そこに紅一点の愛ちゃんが含まれることによって、常識から逸脱したクリスマスパーティーになりそうな、そんな予感が、一条の内面に入り込んできた。

ドアが開き、ポニーから戻る。一条は、カラー写真つきのメニューを数枚、テーブル上で広げた。

「ヘイ、愛ちゃん。このコーラにソフトクリームを乗せちゃったが、とぐろを巻いているようで、下品な形だな。日本では、これが好評なのかい」とはポニーの弁だが、

「そうなんですよ。ドリンクバーを初めて使う人たちって、形に驚くみたいです」と愛ちゃんは即答した。

彼は呆れた様子を見せたが、文化面に相違が見られるだけで、グラスを回しながらソフトクリームで上から覆うのは、一般的にカラオケ店を利用するお客さんにとって好評ではある。

「みなさん、ドリンクは確保できたでしょうが、空腹ではありませんか。私が何か注文しましょうか」

「一条先生は、何になさいます？」と愛ちゃんは気を利かして、代わりに注文してくれそ

うだ。だが、誘ったのは一条、これも仕事の一つだ。

「愛ちゃん、私が注文するよ。何にする？」

「そういえば、年末の飲み放題コースとかにはしませんでしたね。私も今頃、気づきました。店員さんも、そういった内容の説明はされませんでしたしね」

「そうだよね、言わなかったね。食べたらすぐ出ていけ、みたいなね。仕方ない、このクリスマスシーズンに予約しないで歌えるなんて、あるものではないから。愛ちゃんはどうする？」

「俺は最高級のシャンパンしか飲まないぜ！」

一条と愛ちゃんの会話にポニーが侵入する。ここはあくまでも、新潟駅前の一カラオケ店なので、そういった高級シャンパンは用意していないだろう。

「ポニーさん。申し訳ないですが、私の個人的情報によると、まず、ないです。申し訳ないですが、キャバクラに行くか、または、八〇年代に無事に帰還してから、ご自宅で飲んでください」

一条が言うと、ポニーは、少々、表情が崩壊したようで、立腹気味のご様子。

ここまで一条以外は、立っていたままの会話だったが、ジョニーが配慮して、座るように促した。

「ところでみなさん、この新潟市で運よく遭遇したのも何かのご縁。今日は私たち五人で、カラオケを楽しみましょう。乾杯！」

「オォーッ！　カンパーイ！」

割れそうなほど力を込めてグラスを合わせる五人。

この場に同席はしてないが、元々、恋三郎がタイムマシンを発明して、過去に戻り、お三方を連れてきた。そして、愛ちゃんにも偶然、遭遇した。それが五人の人生を絡ませ、こうやって一堂に会している。確率で表現すると、一兆の一兆分の一くらいなのか、スーパーコンピューターでさえ計算できそうにないのではないか。

とある発想に浸っていると、席順が一条の思惑通りには進まず、一条が右端、左隣にジョニー、その真向かいにディーン、隣に愛ちゃん、ポニーと続く。

「ジョニー、何になさいます？　ディーンもポニーも。そして愛ちゃんも。あ、支払いは私が一括払いいたします。気になさらないでください。お客様は神様ですから。みなさんも、お腹をすかせておられるでしょう。なぜか日本語に堪能のようですが、漢字などもおわかりですか」

一条が食事に関して協議してるというのにポニーは、

「どのボタンを押せばいいんだよ。全部、日本語表記だぞ。英語で表示せいっ」などと言うものだから、酔ってもいないのに笑いが絶えなく、いつの間にか、リモコンで打ち込んだのか、大音量で威勢のいいイントロが流れ始めた。聴いたことのある曲で、彼はマイクを右手に立ち上がった。一九八四年の大ヒット曲、『レッツゴー・クレイジー』だ。

一条は聴き入っていた。彼が目の前で、自身のお好みの名曲を熱唱してくれていることの事実。こういう機会とは、普段から道端に落ちていても、足下なら見逃してしまって、手にすることはない。タイムマシンを発明した恋三郎にもお礼しなきゃな、と薄っすら思った。

大音量が流れ、曲は進んでいく。一条はリモコンを使って、焼きそばを注文した。

ポニーは歌いながら座ると、リモコンをまた操作する。連続はしづらい。アカンよと注意したくても、過去からいらしてる本日のオブザーバーなので、注意はしづらい。

そして歌いきった。四人で、けたたましく両手を打ち鳴らす。

「続いて二曲目を行くぜ！」

誰も不平不満を漏らさないことから、いちおう、許可が出されたというか、認知された言動と言うべきか。

ワンマンショーみたいというか、ライブ中に恋三郎から連れ去られたのもあるのか、ストレス発散もありそうで、第二弾が流れ始めた。ジョニーだけが異変に気づいた。

「その変わった曲は何だ？」

かつてから耳にしたことのない曲ではあった。

「これはラップというジャンルで、あなたの死後、八〇年代半ばから流行り始めた、新しいロックの形態なんだ」

一条の代わりにディーンが補足説明してくれた。

「俺でさえ作れなかった曲があったなんて」とジョニーが頭を抱えたこのタイミングで、店員さんがドアをノックし、返事しなくとも開けた。

「失礼します。焼きそばをお持ちしました」

なんてイケメンなんだろうと感嘆しそうな青年が、食事を運んできた。

テーブルに置くや否や、一条はすぐにも割り箸を右手に持って、焼きそばを食し始めた。店員さんは去った。カラオケ店なので、高望みした味でもないが、平均よりはうえか？

ディーンがリモコンで転送させたのが、一条の目に入った。

「一条先生。前歯に青のりがついてますよ」などと真向かいの愛ちゃんから、右手を大きく伸ばして指摘され、少々、羞恥させられた格好になった。お手拭きで前歯を拭う。

これまた大好きな『レッツ・ダンス』が始まった。自身の持ち歌なのでノリノリになったようで、ディーンは立ち上がって踊り出した。もちろん、『佐渡おけさ』や『新潟甚句』とは違う。みんなで、この場を八〇年代のディスコに変貌させた。ソファーが邪魔でも、両足でバタバタさせたり両手を振ったりして、思いっきり歓声を上げた。

盛り上がっているところで、いきなりドアが開いた。何の用事だろうと一条が向き直ると、先ほどの店員さんだった。すまなそうな顔をしている。

「大変申し訳ございませんが、下の階のお客様から、もう少し静かめでお願いできないかとのご要望がありまして」

「あ、そうですか。こちらこそ、申し訳ないです。クレームが来てたんですね。ダンスは止めることにします」

「申し訳ございません」

お互いに納得し、わかりやすい間柄ではあった。店員さんは去り、踊りも終わる。

一条は、次は俺だ、とばかり、リモコンで打ち込む。先ほどディーンが歌った『レッツ・ダンス』とほぼ同時期に大ヒットした、『モダン・ラブ』だ。

「一条さん。私の曲を選択してくれてありがとう」

ディーンが薄謝した。断っておくが、拍手ではなくて、薄謝だ。

イントロが流れる。

一条は流暢な発音や歌いまわしなどせず、普段から知り合いなどとその場を盛り上げていたように、今日も心がけた。

ところが、気がつくと、一条だけマスクをしたままだったので、出だしで呼吸困難に陥って、大きくむせてしまった。これに一同は爆笑した。一条はきまり悪くなって、マスクを外して大きく呼吸をし直した。

愛ちゃんは、大丈夫ですか、などとこの場で唯一、心配してくれた。一条も軽く会釈を返す。

結局、大半を無駄にしてしまったところで諦め、途中で終了させた。

愛ちゃんはリモコンで打ち込む。

「ブリッコですけど、よろしくお願いします」などとおどけてみせる。

イントロが流れ始めた。この曲か。一条の世代では誰からも評価されてきた、あの名曲だ。八〇年にトップアイドルとして絶頂を極めた女性歌手の、『あなたに逢いたくて』。

愛ちゃんの発声法が先ほどと違うし、媚びた顔つきになって、やはりブリッコで勝負か。

歌い終わると、お三方から、やんややんやの大喝采。愛ちゃんはやはり輪の中心、紅一点をきちんと理解している。さすが人気女子アナ、ディーンも愛ちゃんの右隣から、素直な眼差しを投げている。愛ちゃんも応える形になった。

「ディーン、唐突で申し訳ないですが、相談など、させていただいてもよろしかったでしょうか。それも恋愛関係なんですけど」

「私にできることであれば」

「ありがとうございます。プロポーズされたことが、過去に、複数回あったんですよ。私も女性なので、結婚自体に関心や興味があります。ですが、結婚って、何を求めるのでしょうか。私、もう、何が何だかわからなくなってしまって。高学歴で優秀な男性、俳優であったりのイケメンの男性、会社を経営してるとかの高収入の男性、もう飽き飽きしちゃって……」

ディーンが愛ちゃんの内面をすべてえぐりだそうと見受けられて、一条は不快になった。

そのときだった。

「ヘイ、愛子！　俺ならどうだ？　結婚してやってもいいぞ。金ならあるぜ！」と横からポニーは暴挙に出た。愛ちゃんの表情が曇り、部屋中に緊張が走る。

「俺の二十人目の愛人になるかい？」

二度目のヤラシーお裾分けを大きな声で誘うが、少々の代償を与えられることになる。一条は黙視していられなかった。五十代になっているのに結婚もせず、何年も前から対象を愛ちゃんだけに絞り、理想の女性と位置づけ、密かに恋心を抱いてきた。今、それを燃やせる状況になった。ディーンも暴挙に対し、注意喚起しようと意気込みそうになったが、一条はそれを制し、この場の当事者であるポニーに対し、慎重に言葉を選びながら、噛みしめるように、丁寧に諭した。

それでも、

「ファックユー！　おまえら態度が悪すぎるぞ。俺を誰だと思ってる。世界一のロックスター、ポニー様だぞ！」と怒りが頂点に達してしまったが、英国紳士であるディーンは一歩引いた。一条のみ残る。

「あなたは確かに偉大なロックスターだ。ですが、杉崎さんは、純粋に恋愛をしたくて、円満な結婚生活に憧憬されていらっしゃる。恋する乙女に無礼ですよ」

愛ちゃんが一条を正面から見据えているのを、五十代半ばを過ぎた本人が気づく。いくら張り切ろうとも、何か特殊な光景から発生した幸運があろうとも、それだけで愛ちゃんを落とせるとは、思っていないし、五人でのせっかくの短く貴重な時間を、崩壊させてしまいたくはなかった。実際には、なによりも、愛ちゃんを守ってあげたかった。一条には人間として、男として、魅力がないのは、本人としても、重々承知済み。だが、それでも、譲れないものがある。

緊張が続いていたところ、唐突にイントロが流れ始め、しかもこれって、フランス国歌の冒頭でもある。画面には、本人映像が映し出された。

『オール・ユー・ニード・イズ・ラブ』だ。

見かねたジョニーがいつの間にかリモコンで打ち込んでおり、演奏が始まった。

そうだ。争いなどしていられないのだ。一番必要なのは愛人契約や喧騒などではなく、愛なのは、世界の共通語、共通認識なのだから。

そして歌い終わったジョニーが、言葉を発した。

「今日はクリスマス・イブだ。争いとは無縁になって、楽しく過ごそうではないか」

さすがに、世界一のロックグループのリーダーだったジョニー。軽くさらっと発した言葉であっても、重みが違う。この場を乗り切った。

頭を下げるという行為を、みんなで一律に行った。ポニーも気まずそうにしてるが、ミュージシャンという存在は、自身の夢を叶えるために、生涯をまっとうしている。努力や前進を怠らない。彼も優秀で才能もあるお方なので、現状の把握方法が未知の段階であろうはずがない。

「じゃ、次は私たちが歌います。一条先生、デュエットしませんか」

「何、行きます？」

「『三年目の浮気』なんていかがですか」

これには一瞬、引いた。一条も恋する男なのは、愛ちゃんともほとんど変わらない面も持ち合わせているが、付き合ったりせずに、浮気の話に飛躍させてしまって、人生がそのまま完結してしまったらどうする、と悲しくなった。

すでにリモコンで転送してしまっている。困ったものだ。一条は、喜んでいいのか悪いのか答えを出せず、まぁいいや、デュエットなら喜んで歌えばいいか、と受け入れた。

2人は立ち上がり、ぴたっとくっついて並んだ。イントロが流れ始めると、一条は、気を引き締めた。

男性のパートから低音で歌い出す。一条と愛ちゃんのやり取りが続く。顔と顔を見合わせて、ムードが徐々に表に映える。それでも一条は、遊ばれてないかなど、少しばかり愛ちゃんに疑念を持つ。元々は、お天気お姉さんと銘打ってデビューし、アイドルだった女性だ。その後の女子アナとしての活躍には、目を見張らされるものがある。

歌い終わった。

お三方は、

「ブラボー！　ブラボー！　君たち、熱愛発覚だぜ！」などとはやしたてると、愛ちゃんは、「そんなことないですよー」などと愛想をふりまく。

一条は、過去の自分を思い出した。学生時代、年頃の女の子と付き合ったことが、まったくなく、寂しい思いをしてきた。好きな女の子に告白したり、手を繋いで街を歩くとかも皆無。特にクリスマス・イブなんかは、若いカップルが、異質な存在に映り、嫉妬しても何ら解決するはずもなかった。

ふと我に返ると、次は、誰、歌っちゃう、なんて話になっている。

「じゃ、私、行きます」と一条は右手を挙げ、リモコンで咄嗟に打ち込んだ。

画面いっぱいに映し出される。

『クリスマス・イブ』だ。

日本人なら誰でも耳にしたことがある、大物ミュージシャンの大傑作にして代表作。毎年年末には、テレビコマーシャルで大々的に扱われて、発売から四十年が過ぎても、人気に衰えが見られない。

イントロが流れ、五十六歳の一条は、年齢を噛みしめながら、しみじみと歌い出す。演歌ではないし、そもそも、しみじみというのも一風変わっている。

恋人同士のクリスマス・イブを連想させる、温かみのある曲。

一条は、ちらっと愛ちゃんを盗み見た。愛ちゃんの表情が曇り、唇が真一文字に結ばれて、目つきが、デュエットしたときとは明らかに厳しくなり、異質で、一条は、すぐにも視線を落とした。

不快であるのなら中止しようかとも思ったが、もう一度、愛ちゃんを直視した。愛ちゃんは、涙を堪えていた。いや、すでに頬を伝い始めている。一条は歌唱を諦め、自身に問題があったのなら、謝罪しようかとも思った。だが、泣いている愛ちゃんに恥をかかせないよう、気づかぬふりをした。周りも気づかないのは、不幸中の幸いだが、一条も困り果てながら、ようやく歌いきった。

室内の電話が鳴った。一条が出る。申し訳ないが十分後に退室をお願いする、との連絡だった。オブザーバーたちに報告し、不満はあったが退室の用意をし、部屋をあとにした。

五人は満足した。あとは、一条と愛ちゃんを残し、過去に帰るだけになってしまった。

時間的にまだ余裕がある。

「万代に戻りますが、この新潟市で、何か心残りはありますか」

一条は気を利かし、質問をぶつけてみる。ときの流れに乗って遭遇した五人。このままのお別れは、非常に惜しい。何かもう一つ、思い出になるものは……。

クリスマス・イブの夕暮れ。冬至が二、三日前に過ぎたばかり。日の入りが午後四時過ぎなので、上空を見上げると、すでに薄い紺色に様変わりしている。

「もういいよ、一条さん。新潟市が素晴らしい場所なのは、よくわかった。もう一度、来てみたいな」

ポニーは柔らかい文章群を連ねた。彼も元々は、温厚な人柄ではないのか、と一条は勘繰ってみる。

三人は、午前十時頃に駅方面まで歩いた同じ道を逆に向かっているが、きちんと頭に残っていて、さすがに、偉大なロックミュージシャンだと頷く。愛ちゃんも記憶に残っているようだ。

ついに万代の二階に辿り着いた。あとは過去に帰るだけ。恋三郎がすでに来ていて、意外と早かったな、などと言う。

「じつはな、将貴さん。大変言いづらいのだが、俺は……俺は、この際、八〇年代のイギリスに移住しようかと思ってね」

「本気か？」

「本気だ。とめないでくれ」

「わかった。恋ちゃん。長年、親友でいてくれて、ありがとな。イギリスに行っても幸せに暮らせよな」

まさかこのクリスマス・イブにこのメンバーでカラオケ、上手くいきすぎる。まさかまさかの展開とオチ。

これで最後だ。お三方は、新潟市から過去に帰還し、スーパースターに逆戻りだ。

するとジョニーが、

「今日は本当に有意義な一日だった。自分本位で申し訳ないが、平和を願って、みんなで『イマジン』を合唱しようではないか」とのこと。

恋ちゃんを含め六人で輪になり、合唱を始めた。いつしかみんなは肩を組み、いっそうボリュームが大きくなった。すると、この一帯の商業施設のお客さんたちに見つかり、人だかりができ始めた。

「あれ、ジョニーじゃね？」

「ディーンもポニーもいるじゃん。みんな死んでね？」

「あのキレイな女って、杉崎愛子じゃね？」

「何でみんな、こんな新潟市に？　大震災が起こらね？」

若い男女が驚愕し、数十人から数百人ほどに群衆が増えていった。凄惨ともいえるばかりの圧倒的な大合唱だ。

歌い終わると、千人ほどに膨れ上がった群衆から、やんややんやの大喝采。新潟市の核であるこの万代を熱狂させてくれた。悲鳴を上げるものさえいる。握手やサイン、記念撮影を求められた。そこはファンが命、適当にはできず、一人ひとり、丁寧に、真摯に対応している。

タイムリミットが近づいてきた。これでもう終わりだ。

一条は、涙を堪えながら、というか、堪えきれずに号泣し、ポニーからディーン、ジョニーの順に、握手やハグをさせてもらい、最後の記念撮影をお願いし、別れを惜しんだ。少しばかりの喧騒もあったが、みんな偉大なロックミュージシャンでもあり、素晴らしい方々だ。

そして最後にもう一度、恋三郎ともハグをした。

紳士トイレを使うので、愛ちゃんはここで待ってもらって、恋三郎から、ぞろぞろと奥の個室まで続いていく。

ポニーは振り返ると名残惜しそうに笑みを浮かべ、

「サンキュー新潟！」と叫んだ。痛くなるほど両手を振りあった。

そして、ドアが閉まり、午前に経験した通り、轟音とともに去っていった。一条は号泣しながらトイレを出た。愛ちゃんを探すと、同様に、涙をぼろんぼろん流したまま、立ち尽くしていた。

「みなさん、過去に戻っちゃいましたね。二人きりになっちゃった」

愛ちゃんは、そう言うと、ハンカチを使って、涙を拭った。一条は、同じようにティッシュで拭き、コートのポケットにしまう。

「恋ちゃんも行っちゃったからなぁ。人間という存在は、寂しがりだよね」

「私も寂しいのは耐えられません」

「みんな、そうだよ。私も耐えられない」

「決して寂しいからするわけではないですけど、私も恋していたいです」

一条は愛ちゃんの右側に寄り添いながら歩く。

3. バスセンターのカレーと雪景色

「何も食べずに夕方まで歌い続けて、お腹減らない？」

愛ちゃんは、あまりの空腹で、栄養失調になるのかな、なんて不安に陥りながら、倒れそうになっている。そこでタイミングよく食事にありつけそうなので、少し口角が上がった。一条の次の言葉を待つ。

「バスセンターのカレーって知ってます？」

新潟名物、バスセンターのカレー。一条は誘ってみた。

「あぁ、あの有名な？」と愛ちゃんは、この場を繕っているのか、興味津々なのか、横顔が弾け飛んでいる。

「気晴らしに行ってみませんか。芸能人の方でも、新潟市まで食べに来てますよね。私もたまに」

「私の後輩も来たことがあって、自慢してましたよ。先輩はないんですかって言うから、ムカついちゃって」

「あらら。カレーの普通盛りで五百円程度だから、手頃な価格ですよ。味は格別だから、話題作りとしても最適ですよ」

階段を降りて一階の隅に行くと、バスセンターの一階にその店は構えてある。正式名称は「バスセンターのカレー」ではなく別物で、いつの時間帯でもお客が途切れることがないほどの繁盛ぶりだ。立ち食いなので、ゆっくりしてる人もいないため、よく見なくとも、早食いしてる。

ここでは食券を販売機で購入して、店員さんに手渡しすると、目の前ですぐにも作ってくれる。

一条から先に財布を出し、千円札を入れ、普通カレーライスのボタンを押す。食券と小銭が出てくる。見よう見まねで愛ちゃんも続く。

厨房の前に行って威勢のいい店員さんに食券を渡す。すぐにもできあがり、皿を受け取って、立ち食い専用のテーブルまで二人で移動し、スプーンを使う。

「流行遅れの語句を用いるけど、インスタ映えしそうだね。やんないの？」

「そういうのは、ちょっと……」

そっち系に疎い愛ちゃんは、味のほうに敏感に反応する。

「比較的甘口ですね。本当に美味しいです。普通っぽいようでもあるけど、万人受けしそうで、一度食べたら忘れられない味ですね」

一条は、右隣で微笑みながら、愛ちゃん独特の鼻にかかったような声を聞き、テレビと全然変わんないな、と横顔を眺めている。

「さっきカラオケやってるとき、何か辛いことでも思い出したんですか？」と訊いてみたが、愛ちゃんのスプーンがとまった。訊かなかったほうがよかったかと、一条は、後悔した。それでも彼女は、本来、女慣れしていて有能な男性に受け止めてほしかった。

愛ちゃんからの視点では、一条は年長の直木賞作家でもあり、女慣れしてる男性だと信じていたので、うっかりしていた。

「私、嘘ついちゃいました。怒らないで聞いてもらえます？」

愛ちゃんはスプーンを皿の上に置くと、向き直り、一条を正面から見据えた。彼は、これしきの難関に打ち負かされるほど軟弱ではなかった。

愛ちゃんの言葉が、漏れたガスのように、次々と溢れ出す。

「ロケがあったのは事実です。ですけど、じつは彼氏と新潟市でイブを満喫しようとしてたんです。雪の多い新潟市で、ホワイト・クリスマスなんてムードあるよ、なんて言いながら」

「いいじゃないですか」

「でもね、見ちゃったんです。今朝ホテルで彼氏がシャワー浴びている間、彼氏のスマホで、新潟市に居住している不倫相手とのトークを発見しちゃって。お互いの熱烈な愛の言葉やハートマークがありました。結婚していなくとも、私以外の相手なら不倫ですよね。問いただすと、修羅場になって、侮辱した言葉を投げつけられたうえ、頭を叩かれてそのまま破局しちゃったんです。あんな人だとは思いませんでした。さっき一条先生が『クリスマス・イブ』を歌ったから思い出しちゃって。涙ぐんじゃいました」

集中して語る愛ちゃんの目から、涙が滴り落ちそうだ。

「チェックアウトしてから彼氏と永遠のバイバイをしました。ショックで何が何だかわからなくなってしまい、泣きながら彷徨って、ようやくこの万代に辿り着きました。少し遅いモーニングコーヒーをしながら女友だちにメッセージアプリで報告し終わったとき、幸運にも先生方に遭遇しちゃって、面倒でもご一緒させてもらいました。本当にありがとうございます」

愛ちゃんは恐縮していたようでも、彼氏とは乗り越えた感が生じ始めたのか、涙が枯れ果てて、表情も柔和になったようだ。テレビで見られるような、従来の愛ちゃんらしさが戻ってきた。

「ディーンに恋愛相談をしてたね？」

「そうなんです。結婚願望だけ独り歩きしていて、なかなか理想に追いつけなくて」

「私も独身だよ」

「そうなんですか。バツイチじゃなくて」と愛ちゃんは、怪訝な顔をする。

「私なんかバツイチどころか、完全に売れ残りだよ」

「私は歌がヘタなので、歌の上手い人に憧れるんです。上手ければ誰でもいいわけではないですけど、一条先生、お上手でした。痺れちゃいましたよ」

「女子アナって職業柄、気が利くね」

するとさ愛ちゃんは、しまった、またやってしまったみたいな、変に繕った表情をした。

「でも、これは信じてもらいたいけど、祖母が新潟市の生まれだから、私にとっても身近な存在で、近い将来、ここに住みたい願望もあるんですよね」

一条は、そうですか、などと頷きながら、人生の先輩として、助言させてもらうことにした。

「恋愛とは、真剣なゲームだよね。それも、恋してる女性に対して説教などとは、無礼千万なのは、よくわかっている。恋愛論云々より、破局してしまった元彼さんは、スピリチュアルな観点からくみ取ると、単に愛ちゃんを向上させてくれるソウルメイトだったのかもね。精神的に衝撃を受けて別れるという試練を与えてくれるために付き合った人かもしれない。近い将来、本当の運命の人、ツインソウルに出会うよ。深くは掘り下げないけどね」

うなだれて聞いていた愛ちゃんは、両手で顔を覆った。嗚咽しそうになったのか、と思いきや、いきなり顔を上げると、思い出したかのごとく、カレーに向き直った。余裕がはびこってきたのか、一条先生、カレーが冷めますよ、と言う。

「そうですよね、私という彼女がいながら不倫していたなんて裏切り行為だし、おっしゃる通り、破局するために付き合っていたのかもしれませんよね。そう思えば諦められるかな」

愛ちゃんは視線を真っすぐカレーに向け、凝視している。吹っ切ろう、前進しよう、と道をたぐり寄せようとしているのが、一条の目に映る。

「愛ちゃんほど美しい女性なら、元彼さんより素敵な男性には、すぐにも出会えるさ。芸能界でも愛ちゃんのファンなんて多いし、早めに気分を入れ替えりゃいいよ」

何を考えたのか、スプーンを早送りのように使い、物凄い勢いで、残ったカレーを一目散に食べ終えた。

向き直ると微笑んでみせる。この笑顔に女性も含め、二億四千万の瞳が惚れたのだ。

「一条先生の作品、読ませてもらってます。恋愛小説が絶賛されていらっしゃる。今風のただ面白いだけの作品とは明らかに相違が見られて、素晴らしいです。最新作のハードカバー買っちゃいました。いずれ、サインしていただけませんか」

「いいよ。いいけど、私も、愛ちゃんの写真集、買っちゃったんだよ」

「えぇーっ。本当ですかー。嬉しいです。ありがとうございます。次にお会いできたときには、過去の分もお渡しします」

一条は軽く礼を述べ、今日一日の総決算として、ムード満載の場所を用意した。

そこは徒歩十分程度の距離で、新潟市の名所だ。地元新聞社が一等地の万代に建てた、地上百メートルの高層ビルだ。新潟市では珍しいほどの高さのある建築物で、百メートルというのは、贅沢品ではある。

一条は、この一帯を解説しながら、愛ちゃんを誘導し、抜群に人気のある商業施設二か所の谷間を、高層ビル側に向かう。そのまま前進すると、東大通りに出る。左に向くと視界に入ってくる。そして、スクランブル交差点を渡ると、この場にふさわしくないほど現代的なビルでもある。

一条から先に正面玄関から自動ドアで入ると、すぐにプラスティック容器に入っている消毒液で、掌に噴霧する。愛ちゃんも続く。右の突き当たりにはエレベーターが二つ、並んでいる。上向きのボタンを押して、待つ。最上階が展望台になっている。この時季なので、若いカップルが多いかもしれない、顔が割れてしまう、と愛ちゃんに告げる。私はオーケーですよ、などと軽い反応。実際に、エレベーターの乗車希望者が一条たちの背後に並んでいる。

奥側が、ようやく一階にとまり、ドアが開き、ぞろぞろと入っていく。マスクはしたままなので、会話さえしてなければ、気づかれもしない。グーンと不快な音をたてて、二十階まで上がっていく。外では、ネオンライトの群衆が、この場の若いカップルには無報酬で、闇夜を際立たせている。

同乗している若いカップルたちが、キレイだね、と感慨に浸っている。一条や愛ちゃんも、見下ろしながら、年齢を忘れ、歓声を上げた。

二十階に到着し、みんな、先を争って出ていく。

「いいですねー。すっごい眺めがいいですねー」などと喜んでくれている。

「この階だけ、四方八方から展望が可能だから、ぐるっと見渡すことができる。いい機会だから、新潟市を説明しちゃおっか」

「そうですね、お願いしちゃおっか」

似たような言葉遣いを二人で笑いあい、この展望台まで来たのは、正解だったといえそうだ。

「こっちが、東区。昨日ロケだったんでしょう。競馬場方面だよ。すぐ目の前のビル。あれはボブ・〇ップが朝〇龍の兄貴だったかと闘った会場だよ。見応えがあった」

笑いながら、遥か前方には、北日本が位置する旨を伝える。

「そうなんですね」

少し見ている方向を変えて、日本海を一望できる場所に移動する。真っ直ぐが日本海。日中で、よく晴れていれば、少し左に、佐渡ヶ島が見える。

さらに場所を移動して、弥彦山方面を披露する。

「一条先生のご自宅ってどの辺ですか」

一条は、来たか、と叫びそうになる。

「この方角です。今はマンションに遮られて見えなくなってしまった」

右人差し指で高級百貨店の延長上を指した。

うなずいていた愛ちゃんが、いきなり大きな声を上げた。

「あ！　雪！　雪が舞ってきましたね。ホワイト・クリスマスですねー。根雪になるのかなぁ」

「雪？　見えないよ？」

「あれぇ？　今、ちらちらと確かに見えたんですけど、やんだかしら」

「風が強くなってきたからかな」

「見えました。やっぱり降ってきてます。ほら、ちらほらと」

一条の視界にも入ってきて、同様に歓喜する。

「こんなに素晴らしく美しい女性とホワイト・クリスマスなんて、最高だよ」

うっかり本音を発してしまった一条も、こんなに劣悪な言い回しをするのではなかったと、少しばかりの後悔をした。特に悪影響はなかったが。

この地上百メートルの世界では、ちらついていた雪が、積もりそうなほど、先を急いで乱舞している。風に乗ってちらちらから、少しずつ少しずつ、横より縦に、容赦なく積もっていくのだろう。

マスクを常備しなければならないこのご時世、鼻より下が隠れて見えず、目や額、前髪のみの印象でしか、魅力を確認しづらくなっている。

それでも愛ちゃんは、マスクの元々の意義を露呈しながらでも、目が、あまりにもキレイなのだ。現代の日本で、ショービジネスの世界に身を預けていても、あの年齢といえども、汚れを知らぬ美しい眼差しをしている。それは、愛ちゃんのすべてを凝縮しながら、人間として、女性として、その魅力を周囲に与え続けている。

二人はそのまま無言で立ち尽くしている。若いカップルも、側にはいなくなった。

左に寄り添っている愛ちゃんが、あまりにもムードが高まったからなのか、一条の左手をしっかりと握りしめた。

（終）

愛、命、光。

「おまえたちは破滅に向かっている。だが、どんなに辛くても、負けるなよ。見ているからな」

お父さんらしきその存在は、印象として、身の丈が、特に視覚的に入り込んできたわけではなく、姿かたちが、適格な見え方ではなく、白か透明なのか、ぼやーっとしていて、おぼろげだ。言葉が文字になって浮かんでも来ず、声が聞こえるような、日本語であって、そうでもなく、宇宙語らしいが、さだかでない。

1．宇宙家と光の邂逅・そして新たな生活

「いきなり訊くけどさ、今朝、お父さんの夢なんて見なかったかい？」

「あまり、いい内容ではなかったなぁ」

「あんたも見たんだね。あの人の姿かたちは？　あたしは服装まで覚えてなくてさ」

「服装なんかは俺も忘れちまった。精神宇宙では、服なんて着てないらしいから。スピリチュアルの本に載ってるんだ。お父さんからの波動だよ、きっと」

一人息子の命は興奮冷めやらず、どうだと言わんばかりの顔で愛を見た。頭のなかがゆらゆらし始めた愛は、スピリチュアルに詳しい息子の知力を借りたくなった。

「お父さんは、その精神宇宙ってとこにいるんかい？」

「恐らくね。不気味だったけど、伝えたくて夢に出てきたんだよ。俺たちだって、前世からの因縁で家族を演じてるわけだよ。意味があって繋がってる」

愛は驚くことなく素直にこの情報を受け入れたついでに、不快感を吐露した。

「破滅に向かってるなんて縁起でもねぇ」


この家族は『宇宙（うちゅう）』という珍しい名字で、今年八月に、世帯主であった、お父さんを亡くしている。お父さんは、厳しくて実直だっただけでなく、昭和一桁の生まれで、妻の愛（あい）より五歳年長、曲がったことが大っ嫌いで誠実な人物でもあったことから、しつけは厳しかった。そのことから、命（いのち）、これもまた珍しい名前を付けられたものだ。愛は恥ずかしくなるほどの高年齢出産で、現在の命は、三十代に突入し、いわゆる、三十路の仲間入りを果たした。八〇年代初頭ならばおじさんに属するが、そこまで老けてはいない。仕事を探してはいるが、バイトを少ない回数経験しただけで、結婚すらしていない。書店巡りばかりしていて、人付き合いが苦手な、わかりやすい人間ではある。

ところで、この親子は、お父さんの夢どおり、破滅に向かって突き進んでいる。今のところ、止められる存在は皆無で、夢の内容をきちんと吟味して実生活に活かせばいいものを、運命という名の爆弾低気圧がエンジン全開で吹雪を巻き上げるように、一直線に、待ってましたとばかり、人生の終焉に向かっている。恐ろしいことだ。それだからこそ、家族を愛していたお父さんが、夢を通じて、波動を送ってくれていたのだ。お父さんが生きてるときはよかった。破滅といっても、一家離散になったり犯罪に巻き込まれたりする場合もあり、現代社会が地獄絵図を満喫しているかのようで、閻魔大王が大きな口を開けて待っているほどの恐怖が、生活に根をおろしてしまっている。

ここ新潟市では、秋が深まり、紅葉が、落葉として変容している段階で、少しずつ、気温が低下している。もはや、涼しいなどと手放しで季節を満喫するほどの余裕がなくなるほど日没が早まり、孤独を実感する独身男性が増えているのではないかと考えさせられるとともに、たとえ猫ちゃんでも、そういった独身男性と境遇が、似通っていれば、同様の感慨に浸って、落ち込んだりする、そういった人生の落書きを、心のなかでしてしまうものもいる。

翌日、新たな運命が用意された。愛も命もまだそれに気づいていない。が、もうすぐ魂を揺さぶられることの重大性が、人間の最も必要で高い位置から垂れ下がり、精神を満足させられるようになる。なぜか今のところ予兆はなく、それは、唐突にやってくる。宇宙が動き出した。

宇宙家では、廊下の奥から玄関に向かって左、床から天井に届こうかとするほどの高さに、サッシが、ぐぅーんと背を伸ばし、横幅はいわゆる一般的な距離で、普段は当然のごとく、カーテンで覆われてる。外から石を投げつければ、容易に衝撃を与えることができ、住んでいる側からしてみれば、単純に恐怖だ。それでも、お父さんが生前、丁寧に予算をかけてリフォームしてくれていた。

命は、早起きは三文の徳といわれているように、夜七時半には寝支度を始める。愛は残した家事をしながらテレビにふける。親子の夜の暮らし方だが、今晩は少し趣が違った。何かのタイミングの誤差で、命が寝そうにない。カーペットのうえであぐらをかきながら、愛に背を向け、また、スピリチュアルの本を読んでいる。

「今日はまだ起きてるんかい？」と言われた命は、照れ臭そうにしながら愛に向き直る。

「いやぁ〜〜夕方にコーヒー飲んじゃって、ベッドに入ったけど眠れなくてさ」

「まだ起きてりゃいいわね」

「そうする」

視線を愛から背け、読書を再開した。すると、何かのラップ音がした。というより、微かな、叩く音だ。年老いた愛より聴覚に長けている命は、その音に、敏感に反応した。それでもスルーしそうでしていられない。基本的に、ラップ音は、スピリチュアルでも王道ではなく、隅に追いやられているカテゴリーで、珍しくもないが、不気味ではある。なにより、犯罪の匂いがする。こんこん。こんこん。今度は二度もした。聴覚の不具合ではないようだ。深夜ではないが、かといって、玄関前からインターフォンを使わない手口、妙だ。命は戦う用意を脳内で構築すると立ち上がり、だだっ広いサッシのほうに寄り、覆っているカーテンを、サラーッとだが、ゆっくりと開けてみた。

庭は暗い。暗いが近所にあるコンビニからの光が自宅を照らし、まったく見えないわけではない。室内からはライトの加減で見づらかったが、何かの存在の確認作業は可能だった。

あれぇ？　なんだいなんだい！

異変に気づいた命は、アポなしの意外な訪問者に目がとまった。しゃがみ込むと、こんこんノックの正体は、子熊だった。いや、違う。比較的に暗かったからか、元々の白が薄汚れて、頭頂部から背中、そして腰にかけて、薄茶色が、なだらかに交じっているような子猫だった。

命の背後から愛も寄ってきて、

「こんな時間にどしたの？」と脅えている。

「いや、猫が……」

「ニャンちゃん？　どこどこ？」

愛も命も完全に猫派である。過去に猫を飼ってた時期もあり、動物愛に長けている。

「首輪してない。どこの子だろ？」

愛は不安が募り、命に訊く。明らかに同情の意識が出てきて、二人で、ジーッと見入ってしまう。

「してないね。野良猫なのは間違いないね」

そうしている間に、子猫は、サッシをこんこん、こんこん、チューブを伸ばすように、右手で限界に挑戦しながら叩いている。世にも奇妙なこの物語に、愛も命も、ただただ呆然として反応に困り果て、今後が読めない。

（ねぇ、お願いだから、おうちのなかに入れてよ〜〜）

「来た！」と愛は叫んだ。一瞬、何かに憑依されたように立ち上がり、背筋をピーンと伸ばし、体を硬直させた。すると、そのままの姿勢を保ちながら、

「来たろ？　あんたにも来たろ？」と、取り乱しながら命に尋ねた。

「来たよ。この猫からだろ？　お母さんとこにも来たかい？」

「うんうん。これが波動というものかい？」

「波動の一種じゃないかな？……これって、飼ってくれって意味だよね？　波動を送ってくれてるし、とにかく、サッシを開けてやらんきゃなんねーよね？」

「いいよ、今晩は冷えてきたし、かわいそうだから、開けてやろう」

子猫を映したサッシの手前で再びしゃがみ込むと、サッシ越しに顔を見合いっこするって……これって運命の出会い？

命は中腰になり、頼むから逃げないでくれよ、と祈りながら右手を急ピッチで動かし、サッシのロックを解除した。子猫の口角は上がったかのように見えた。

ガラガラーッ。

勢いよく開けると、恐れを知らぬふとどき者、生まれて初めて雪を見たアフリカの方というか、爆竹が拡散するかのように、室内に飛び込んできた。よほど人間からの愛情を必要としていただろうことが、容易に想像できる。野良猫の人生は悪夢なだけだ。

狭い部屋のなかを、ぐるぐるずだずだ、ずっだんばっだん、そう状態になってしまったようなその子猫は、生後一か月も過ぎてはいないのではないか、お子ちゃまだな〜〜と愛は思った。おいおい、犬じゃないぞ〜〜。

とりあえず、可愛いからといって間違いがないよう心がけた。あたりさわりのないほどにしておいて、構っていたら、遅くなった。子猫と同類になってそう状態になっていられない。せめて牛乳と気遣っても、買ってないものはない。それはわきまえてあり、寝かせることを最優先にし、以前、飼っていたペット用のケージを奥から引っ張りだしてきて囲むと、座布団を二枚、重ねて下に敷く。タオルケットと毛布で子猫をくるみ、夜の挨拶も十分にしないまま寝させた。空腹だろうに、素直な子猫は、意外と早くすやすや眠りについたようだった。明日、明日だ。

運命が循環していく。

翌朝、比較的に早いうちから、ペットを飼う際のマニュアルどおり、近所の動物病院へ連れていくことにした。クルマを持たないことから、タクシーも頭にあったが、節約も兼ねて、命が子猫の体をタオルで巻いて抱き、愛と一緒に歩くことにした。

命が子猫を抱きながら三人で一緒に玄関から出て、愛が玄関の鍵をかける。子猫は不安がったり騒ぐことなく抱かれたままで、みんなおそろいが嬉しいのか、少し口角が上がったようにも見える。愛はそれに気づいて、右手の人差し指で、子猫の鼻を軽くつつく。愛は虐待などをする人間ではないし、つつかれたほうも、これからの幸せを感じ取っているかのようだ。

玄関から出ると、半畳ほどのスペースがあり、さらに、一つ大きな段差がある。慣れていても姿勢が泳ぐ。庭といえども、その広さは、十坪あるのか、横に広がった自宅に平行になって土地が展開していて、ぐるりを、愛の目線ほどの高さで、ブロック塀が囲む形になっている。

子猫の体重もあってか、命の体勢が横揺れになると、愛は、箸が転んでも笑っちゃう女子高生みたいなテンションで、親子で微笑ましい。

子猫を飼うなんて、新しい波だねぇ、お母さんと一緒に歩くのもいいね、これからは、この猫ちゃんも俺たちと一緒の家族だね、などと朗らかな会話が進む。お父さんが亡くなっても、この親子は、愛することに敏感だ。宗教団体に属してはいないが、特に命はスピリチュアルな書籍から情報を仕入れているので、愛することが何なのかの本質を知っている。愛にとっても、ほぼ同様で、言葉に出さなくても、子猫には伝わるはずだ。

近所の動物病院は、以前より知っている場所なので、親子で迷子になることもない。秋晴れの下で、散歩がてらに気候もお手頃だ。太陽の照らす角度が二人と一匹の、新しく、楽しく、意義のある生活を約束してくれそうだ。

およそ十五分の散歩が済んで到着。外観はスマホで検索して画像で確認した通りで、最新の設備でお客様が溢れかえって……ではなく、かといって、思いっきり掘っ建て小屋みたいな……とは違い、築後三十年くらいか、卵色で、あくまでも平々凡々な建物だった。

入り口前で表札を確認し、手の空いている愛がドアを開けて入る。命も子猫を落さないように続いた。

愛たち以外にお客はおらず、女性が出てきて応対したが、ここの院長を呼びに行くと言い残して奥に消えた。

白衣を急いで羽織りながら現れた初対面の院長は東郷という三十代らしき男性で、流行りなのか、ほどよく茶髪に近い金髪を後ろで束ねている。相手が身構えるほど、目力が攻撃的で、サングラスをして遊び人風のスーツを身に纏えば、歌舞伎町に出入りしてるホストを連想させる。なので、場末の動物病院でくすぶるタイプには、とうてい見えない。一見こわもての、笑わない男のようではあるが、実際のところ、内面に秘める優しさがあるのだろう。程度にもよるが、主にワンちゃんやニャンちゃん相手の職業なので、愛することに長けているはずだ。でなければ、務まらない。

衛生面など体の洗浄や注射などをし終えると、東郷先生が、性別の確認を始めた。一番近い距離で見ていた愛が、すっとんきょうな声を出して、

「あっらー。昨日、確認するのを忘れてたけど、この猫ちゃん、タマタマがある。男の子だね～～。まだ小さいけど、気が強そう。番犬代わりにもいいね」と軽く笑う。その言い方があまりにも子供っぽかったので、つられて一同は爆笑した。子猫も人間と似た表情になって、ご機嫌のようだ。意外と笑い上戸なのかもしれない。

さて、登録だ。登録の際には、お決まりのとおり、名前を付けなければならない。東郷先生は、長いお付き合いになるから、呼びやすくて、意義的に素晴らしいのはどうかと言う。

そこで命は、

「『光』ってのは？『ひかり』。スピリチュアルな書籍によると、宇宙の元々の存在は、光らしいからね。光輝いてもらいたいから」と問う。

「う～ん……」

「別にする？」

「あんたがいいならいいさ」

「じゃあ、光でいいかな〜〜？」

「何言わせようとしてんねん」

親子のやり取りを聞いていた東郷先生たちも、失笑に変わった。

「あぁ、あまりもので申し訳ないですがね、赤い首輪をつけちゃいましたよ。サイズは簡単に変更できますから。苦しかったら緩め、余裕ができれば、きつめに直すことができます。その他、諸々の手続きも説明も終わりましたし、今日はこれでお開きにしましょう。かわいそうだから、今回、マイクロチップの装着や去勢手術は、やめておきます。私自身は、こういう制度に反対の方針なんです。それと、ミミダニには十分、気を付けてください。両手で耳の後ろを擦ったりしてたら、危険信号発令中ですからね」

愛は驚きを隠せない様子を見せた。命は長い時間、トイレをがまんしてたので、早く終われ、早く終われ、と祈り続けていた。

「そうだ。改めてニャンちゃんを飼うことだし、光君も喜ぶと思いますので、記念に猫じゃらしをプレゼントしますよ。男の子だし、遊んであげるといいですよ」

猫じゃらし？

呆気にとられ、低俗な思考が蔓延しそうなほど愛と命は疲労していたのか、物事を察知する機能が低下していた。停止していたといっても過言ではない。

「猫じゃらしをご存じないですか？　遊び道具ですよ。まぁ、体調を崩したりしたら、すぐにご連絡ください。今日はお疲れさまでした。気を付けてお帰りを」と促されるまま、来るときと同じように、命が持参していたタオルで光をくるくる巻いて、抱っこする。

東郷先生らに入念なご挨拶を忘れず、動物病院をあとにした。愛が猫じゃらしを片手でぶらぶらさせている。

帰り道、命は黙想した。光は波動を送るという特殊な能力が備わっている。どこまでその能力が長けているのか、検証する必要がある。だが、それを命が、脳内で思考するだけで、光にも届くのだ。思考する＝波動が伝わることから、一つひとつ対応していかないと、お互いに妙な関係に陥り、展開が悪化するだけでなく、何もかもがバレてしまう。最低でも避けなければならない。いや、それさえもしてはいけないのだ。意を決して、愛に打ち明けてみた。

「お母さん、俺だけでなく、お母さんにも光からの波動が来るわけだよね。これって面倒な展開だよね。頭のなかで考えるだけで、みんな、光に知られてしまうんだよね。あれから、どう？　俺んとこには来てないけどさ」

「あぁ、あたしんとこにも来てないよ」

「そう？　でも、今、この会話をしてるのを聴覚から聞かれるのは、仕方ない。俺とお母さんは、波動で会話などできない。でも、そこに入り込む特技は、光には可能なわけだ。声から聞こえてる裏の顔を、光は知ることができる。なんか、めんどくさいな」と言いながら、光の顔をのぞき込む。知ってか知らずか、素知らぬ顔をしてる。

途中でコンビニに寄ることにし、愛に光を抱いて待ってもらい、買い物をした。それからは、波動が来ることがなくなり、思い出すことすら忘れていった。

帰宅して……光を家族の一員に迎えてから、どのような方法で、楽しく意義ある生活を送ってもらえるか、親子で頭を悩ませた。夏ならばプールか、冬はスノボならオーケーか。今は紅葉の時季なので、クルマでドライブなら最適だ。肝心のクルマさえ持ってないどころか、相手は猫ちゃんなので、思いが届かないカテゴリーばかり……。考えるばかりで、要するに、いくら考えても結論が出てこない。出てこないなら、それもよかろう。人間には能力の限界があり、それ以上のことは不可能で、制御されている。

猫じゃらしだが、観察してみると、柄の部分がプラスティックで、先端の毛先が羽根のように分かれてて、ひらひらしてる。その作りがあまりにもチャチなので、初めて見た愛と命は、これ、変わってるね、などと言って笑いあった。製造するほうにとっては利益の追求が死活問題で、おふざけではあるまい。

愛と命は夕食を摂るに先立って、光に、まずは牛乳を与えてみることにした。本来なら猫用もあるそうだが、ご勘弁願って、レンジで適度な温度にチンしてから、プラスティック製のごはん用のお皿に入れた。

「ほら、牛乳だよ、あったまるから飲んでね」

家族が一人増え、いちだんと活気づいたことから、愛も命も、寂しさから抜け出せそうだ。

食べ終わると、命は猫じゃらしを出してきて、お腹の消化具合を見計らって始める。今晩から日課にしよう、などと言い始める。

「光君、遊ぼう。命君との猫じゃらし大会だよ。単なるイベントだから、勝負じゃないけど、楽しんだほうが勝つんだよ。勝ったほうにボーナスが一万ポイントだよ。ほら、こっちこっち」

それに伴って、命の右手の猫じゃらしの動きが、左右にステップ、上下に飛び跳ね、そこに斜めや緩急が加わる。手の動きに合わせて光の熱中度や集中力もハンパない。全身の動きがテープのように何倍速かの高速回転をしているかのようにも見える。猫という生き物は、瞬間的に楽しめることを見つけて、集中するのだな、と理解し、同じ屋根の下で生活していく。みんな、運命共同体だ。

翌朝の、光の可愛がり方……。

「おーい！　おっはよーニャーン！　あったかいニャーン！　今日もヨロピクね～」と愛は言いながら、光を寝かしてるハウスをのぞき込んだ。ハウスというのは、愛が勝手に名付けたもので、専用のケージを台所の隣の居間まで移動させ、その入り口付近に段ボールの蜜柑箱を置き、そこに寝かしてる。光は挨拶されてあくびしながら顔をひょこんとハウスから出す。なぜか同じタイミングで、母親のメガネがガクンと下がる。笑った命のメガネも、なぜかガクン。そのまま両手を最大限に伸ばし、ずるずると引っ張り出す。向こうにも迷惑だろうと、命は傍観していて笑いを堪えたが、愛は、そのまま抱き上げ、光の顔に頬ずりする。

「光ィ〜。寒かったね〜今朝は。こんこん出なかったかな？　大丈夫？　いい子だから風邪なんて引かないよな〜」

笑いながら横で見ていた命も、

「いい子だね〜。可愛くて可愛くて仕方ないから、永遠に離れたくないよ。人間にも動物の、比較的に近い意味でのソウルメイトがいるそうだからね。だから、みんなで長生きしよう」と続く。

「また、それかい。そうだよ、みんなで長生きだー」

母親は向き直る。

「そういや、頼んでおいた、光の新しいご飯、買ってきてくれた？　総合栄養食じゃないと、栄養がないし、体を壊しちゃ大変なのよ」

「そう？　栄養が不足してても、味がいいから食べるよ」

「何を言う〜。食べているだけじゃだめじゃん。お水、替えてやって。猫ちゃん言うたって、まずい水じゃ悪いろう？」

「お母さんの起きる前に替えてやったよ」

「そっかぁ。グッジョブ」

まだまだ気の若い愛は、右手親指を立てると、左目をつぶってニンマリする。その姿が可愛い。

「光がいると、お母さんも若返るね。顔色もいい」と指摘された愛は、まんざらでもない顔で、「みんな、光が大好き。光しかいないんだ。大事にするよ。大好きだよ。ほら、あんたも、懐くようにもっと言いなさい」と言われて、背中を押された形になった命は、

「俺も大好きだよ。だーいしゅきだよー」と返す。

「そう。それでいいんよ。よーし、よーし。よーし。三人分言うたぞ。みんなで健康寿命をまっとうするぞ！」

宇宙家では、光をどれほど愛しても、生活が右肩上がりにはならない。変化のない毎日が繰り返され、破滅に向かっている事実に、いつまでも顔を背けてはいられないが、気づいてさえいない。ただ、新しい存在がお近づきになったわけだ。それでも、社会の生きづらさに悩まされている身なので、夢の象徴としての光を愛さない選択肢はない。親子は、

これが最後として光を愛する。涙ながらに、交互に抱っこする。飼われた光は、その対応に怪訝な顔をする。

それからというもの、愛も命も、光が可愛くて可愛くて仕方なく、光との人生をともに歩む喜び、そこにいっさいの妥協を許さずにいる。すべての希望は、光のみ。

とのことだが、野良猫とはいえ、屈強な精神面を兼ね備えただけでなく、数々の修羅場を潜り抜けて生活してきたのだろう。生後すぐか、二、三か月程度かそれ以上の間、食べるものも躊躇しながらなのか、この猫しか知らぬ底辺の生活をしてきている。

光の顔つきは優しくとも、愛も命も、猫の集会場に参加してみたわけでもないが、冷徹な人間界の場末で、自らよりも大きな外敵などに対抗し、逃げ隠れしながらでも生き延びた、そんな強さだ。

例を挙げれば、幼稚園児ほどの年齢なら、成人した男性には能力的な面では、とうてい及ばない。そういった少々の人生論が、うさんくさくなって覆っている。

2. 必要だったのか、クリスマスプレゼント

「もう、暗くなったね。冬至が過ぎたばかりだから、ほんと、日没が早いね。そういえばさぁ、あんたも気づいているだろうし、今頃、言うのも遅くて悪かったけどさ、今日はクリスマスイブだね。あんたは今年も相手がいないの？　早くいい人ができればいいんだけどね。あんたにも、幸せになってほしい。あたしの面倒を見させるのは、酷だね。申し訳ないね。でも、そんな話は、やめておいて、光と三人でケーキでも食べようか。今の時間帯でも、ホールだって一個か二個くらい売れ残っているよね」と神妙な面持ちで気遣う。

「この年になって、ケーキなんていらねーさ。それに、相手なんていなくて結構。俺みたいな男に、いい女はつかないよ。年齢も年齢だし、魅力的な魚は大きくて釣れねーし、金もねーし。そんな話、もういいじゃん。そういやぁ、俺がまだ小学校に上がる前だったか、クリスマスに目を覚ますと、枕元にお母さんが買ってくれたプレゼントが長い靴下に入ってて、嬉しかったんだ。あれさ、一度、お母さんが入れ忘れたことがあって、あっれー、サンタさん来なかった～言うたら、サンタさんがこの寒さで風邪引いて来れなくて、命が

いい子にしてたら、明日こそ来るよ〜言うてくれたよね。じゃあ、僕、いい子になってる、言うて、その次の日、今度こそ本当に入ってて、サンタさん来たよーって言って、嬉しい思いをしたんだ」

「懐かしーねー」

「今年は俺がプレゼントを買ってきた。お母さん、メリークリスマス！」

そう言いながら、カーペットから立ち上がった。会話のなりゆきからして、そろそろいいだろうと渡すタイミングを見計らっていたのだが、愛からは見えない範囲に隠し持っていた物を、いきなり体の正面に持ち替え、満面に笑みを浮かべながら、愛の前に両手を伸ばして渡そうとした。クリスマス用に、赤を中心にイメージしてある派手な装飾で、丁寧にラッピングが施されてあった。気になる中身は、近所の商業施設で買ってきた、ライトグレイのダウンコートだった。新潟では見栄えのよいブランドで、似合いそうな母親に対する感謝の念でいっぱいのプレゼントのはずだった。だが、その期待に反したことを愛は言う。

「いらないよ、そんな高いもん。返してきなさい」

あまりにも身勝手な発言なので、奈落の底へ落された。押し問答が始まった。

「高価なブランドでもないし、お母さんからのプレゼントのお返しだよ。受け取ってくれたっていいじゃん」

「いやいや。いらない。返しておいで」と、なぜか冷たい。

「幼少の頃から貰ってたろ。今度は俺が渡す番だよ」

「だから、何度も言ってるように、いらないって」

「素直じゃないな。プレゼントだぜ。受け取ってくれって言ってっろう」

「こっちはね、物なんてのは、いらないんだ。やめとくれ」

「こっちだって、貰ってくれって言ってるわけじゃん」

「いつまでもそういうこと言ってると、あたし、出ていくよ」

「マジでムカつくな。プレゼントを買ってきたから、素直にありがとうって言えないのかよ！　理由を言ってくれ」

「理由？　いらないからいらない。だから受け取らない」

「俺は渡したい。どうしても渡したい。長年の感謝の意味も込めて」

「じゃ、あたしが家出して、帰ってこなけりゃいいわけね」

「そういうレベルじゃないろう」

「うん、もう、わかった。出ていくわね」

「何でそういうことを言うんだ！　温情で言ってんだろ！」と、ついに命は爆発したが、ガスファンヒーターの前で気持ちよく居眠りしてた光は、恐れをなしたのか、上半身を起こして不安げな顔つきになりながら、もう、やめてよ、とでも言いたげな様相だ。親子はそれに真っ向するように、言い合いが続けられるが、出口のないトンネルなら、入らなければよかった。

「いい年して何言うとる！」と、愛は、口にしてはいけないことを言ってしまった。命は敏感に反応する。

「何？」

「何だね！」

「何だねとは何だ！　聖なる日に、なんたることだ！」

最後に怒鳴り声をあげたのは、命だった。あまりもの怒りからか、廊下へのドアを急いで開けて、そのまま玄関まで一気に走っていった。サンダルさえ履かず、玄関のロックを解除してドアを勢いよく開けた。そのときだった。玄関前のライトから照らされていた暗い足元を、何かが追い越していった。

命はすぐに気づいたが、一瞬、躊躇してしまい、突然、暗い場所へ出ていったものだから、見失ってしまった。姿かたちからして、間違いなく光だった。生後何日か何か月間は野生の猫だったわけだ。修羅場を潜り抜けてきただろうし、野良猫として、二、三か月の間は、誰からも嫌がらせを受けてきたのだろう。とはいえ、強い意志を持って生き延びてきたはずだ。

足も速いし、暗かったものだから、命には、計り知れない自責の念が生じた。といっても、手遅れではあった。いきなり怒鳴りだしたことから、おびえて、発作的に行動に移したのだろう。

ドアが開けっぱなしなので、すぐさま振り向いて愛を呼ぼうともしたが、先ほどの怒鳴りあいは何だ？　とにかく、そう言ってはいられない。漆黒の闇のなかに消失してしまった光が戻れる可能性が極めて低いのは、幼児でもわかる。この気温だ。光は自殺行為をしてしまった。生きて帰ってこれないかもしれない。なんたるクリスマスプレゼントなのだろうか。こんなプレゼントを受け取るのなら、わずか二、三分前の会話が、いかに無様だったのか、わかりようものだ。

光の逃亡した方向が確認できなかったこともあり、命は、ひょいひょいと、いったん玄関に戻り、普段、置いてあるウェットシートを掴んで、二、三枚取り、手早く足を拭いてからサンダルを履いた。名前を呼んでいる愛を見ると、あたしも行く、とのことだった。

「お母さん。外は、さーめーよ。風邪引くよ」

「だからこそ行くのよ。あたしが絶対探し出す」

「ああいうこと言うから、こうなったんじゃん」

「そうだねえ……。あんたにも悪かった」

「じゃ、何か羽織って」

愛はいったん台所に行って、火元を確認してきた。ガスファンヒーターを消したりしてきたのだろう。

戻ってくると、玄関には傘立てがある。その上部にロングコートをかけられるようになっていて、ちょいと羽織れる安物のコートを下げてある。愛は急いで羽織ると、

「ヨッシャア！　行くよ！」と気合を入れる。

開けっぱなしにしておいた玄関先に目をやると、新潟の冬が始まったことを知らせる儀式が行われている。小雪が舞い始めたのだ。

「あれえ、雪だ。雪が降り始めた。クリスマスイブだし、今日はホワイトクリスマスだわね」

愛は一瞬、童心に戻って、グレイの雲を見上げている。命もそれに続いたが、そうもしていられない。タイムリミットが発生した。逃亡した光の生存率が、著しく低下した事実の発生だ。早めに見つけてあげないと、光の命はない。この親子は重々知っている。が、この低温の雪空で夜だし、気がかりだ。

光は戻ってくる。絶対、戻ってくる。探さなくても戻ってくる。可能性とのレベルアップされた闘いの序章の開始だ。

そのとき、命が偉大な発見をした。

「お母さん。ちょっと待って」

「なんだい？　急がんきゃなんねーよ」

「光に波動が届けば、対処できるってことだよね」

「その手段があったわね！」

「そうそう。お母さんには来てる？　俺にはまだだけど」

「う〜ん……来ないね」

「すぐさっき送ったけど、返ってこないよ。いつからだったか閉ざしてるね。困ったな。脈がないな」

「じゃ、すぐにも行動に移して探し出そう。あんたはダウンジャケット着ないの？　風邪引いちゃまずいよ」

「厚手のルームウェアーの上にフリースも重ね着してるし、風邪引いたら引いたで、そんときに、また、対処法を考えりゃいい」

そこまで会話が進むと、白くなりかけた玄関前に目を落す。先ほどは降り出す前だったため、あるはずの光の足跡がない。

「とにかく、寒さをしのげて、体を湿らせない場所に隠れてるだろね。そのあと、餌を貰えるとこに移っていくだろし。この辺なら……マンションやアパートより、駐車場かな」

「野良猫に戻ってしまうんだね。トラブルを起こした俺が悪いんだ……どした？」

命は愛の異変を感じ取った。

「こんなときにごめん。めまいがしてきて。おかしいわね。いや、いい。あたしも一緒に行く」

「無理しちゃだめだよ。俺一人で行くよ」

「あたしに責任があるわけだから、行かんきゃ」と言う愛は、あとで町医者に連れて行かねばならないようで、演技をしているはずもない。

「とりあえず、近辺を探ってくるから、お母さんはなかで休んでて。十五分ほどで、今は戻るから」

「すまないね」

「いいってことよ」

現状を踏まえると、愛がこの程度で弱音を吐くなどとはありえないことで、生命の危機にもなりうる可能性が浮上したことに対して、不安になってきた。母親にしても光にしても、生命を掌握してるのは、この自分だという認識を目の当たりにして、それでいて、手放しづらいストレス。光っていくには、愛があって命が形成される。これら名称から、彼ら家族という全存在は、運命から波動を伝って、組織として認証されているのがわかる。

「玄関の鍵は持ったし、じゃ、行ってくるよ。すぐに見つかるよ。今なら、そんな遠くには行ってないはずだし」

「うん。頼むね」

命は素足にサンダルを履いて、踊るように玄関から飛び出し、威勢よくドアを閉める。そして雪を踏む。サクサクとした音が鳴り、せんべいをかじった音のようだ。

さて、どこから探すかだ。こういうシーンに遭遇した経験はもちろんないし、他人から聞いた話もないことから、母親のアイディアに従うしかない。首を回しながらあちらこちらに視線を投げるが、暗いこともあり、とうてい見つかるものでもない。かといって、タイムリミットの問題から、急を要することは明らかだ。「ひかりー」と叫んでみたところで、返事はない。小走りできょろきょろしているうちに、雪が積もってきた。サンダルを履く素足が冷えてきて、凍り始める危険性も出てきた。凍傷にでもなったら大変だ。何度叫んでみても、雪化粧してきている紺色の闇が、格別な風景を照らしてる。クルマのライトも手伝って、いっそう輝いている。この辺りは住宅街なので、一軒一軒、勝手ながら庭に顔を入れさせてもらい、隅々まで視線を這わせる。通りがかりの人にも、この辺に猫が走ってきませんでしたか、白くて茶色が混じってます、赤い首輪をしてるんです、まだ可愛い子猫なんです、と訊きまくった。これがクリスマスイブか。これがクリスマスプレゼントか。クリスマスプレゼントなら、光をプレゼントしてくれ。それ以外には何もいらないから。お母さんも家で、同じことを考えているだろうな、と命は思った。

叫びながら、三十分以上は探しただろうか。一時間か二時間に届いたかもしれない。覚悟の薄着とはいえ、さすがの命も風邪気味になりかけ、寒けがしてきた。仕方ない。今日はこれでやめとくか。通行人も交通量も、多いところから少ない範囲まで、十分に目を通したはずだ。気づいたが、スマホどころか腕時計さえし忘れてきた。警察署が近所にある。あとで電話してみよう。捜索の輪が広がる。とにかく帰宅する意思を自ら決定づけ、帰路に就いた。

この親子は、慈悲の精神を持って生活してるというのに、神も仏もないものか。猫という生き物は、人間の怒鳴り声を嫌う傾向があるらしいことを、命は知らずに実行してしまった。この代償は、計り知れないほど大きい。

帰宅し、母親には今晩の残念を報告する。泣く泣く受け入れた愛だった。トラブルの元凶は愛でも、逃亡するタイミングを作ってしまったのは命だし、後悔先に立たず。光は寒さと飢えで死んでしまうかもしれない。頼む、帰ってきてくれ。生きていてくれ。親子で祈り、波動を送ってみたが、あとは光の問題だ。

その後、命は風邪気味のまま、愛と顔を突き合わせて話し合った。警察に電話で相談したが、我々は忙しいんです、遊びで仕事してるわけではないし、猫の相手なんかしてる暇はないんです、自分たちでお探しください、とのことだった。それなら、知り合いにお願いするか。親密な友人や親戚さえいないことから、やはり、二人きりでの捜索しか可能性はない。諦めるか？　いや、それは……。

「プリントを千枚くらい作成して、郵便受けに入れさせてもらうってのは？」と命の発想は鋭い。

「それ、いいじゃん。さすが、元秀才！」

「じゃ、今からコピー用紙に油性ペンで書いて、千枚印刷しよう。それを俺が配るから。すぐにとりかかろう」

書き直す場合も考慮し、Ａ４の用紙を数枚、持ち出し、黒い油性ペンも用意した。こういうとき、命は頼りになるらしかった。

愛と命は、居間にあるテーブルに椅子を用意し、それぞれ着席した。

命は用紙を一枚取って横向きにし、油性ペンで、光の体形どおりに左横からの視点で体の線を慎重に書き始めた。ゆっくりゆっくりと油性ペンで、頭から鼻先、口は開け、首輪もちゃんとつけ、前足、お腹、後ろ足、尻尾、背中、後頭部。若干、顔を手前に向けながら、左目を可愛く書く。

「お母さん、体形はこんなもんだったよね。あと、何書く？」

「光の特徴の詳細と、こっちの連絡先もだよ」

命は言われるまま、自宅の電話番号を書いていった。この親子は、普段から、各々のスマホに登録してないところからかかってきても、出ない習慣を持って警戒してる。安全第一。

「ムカつくのも来るだろうね。覚悟してないと」

「そうだろうね。弱みに付け込む卑劣な人間とか。あんたさ、光の特徴って、何書くつもり？」

「体長や体毛の色かな。とにかく、可愛い顔をしています。赤い首輪をつけています。あとは名前？」

「そんくらいよね」

光の体長は三十センチほどで、体毛は白いところに、ところどころ薄い茶色。可愛い顔して、赤い首輪。年齢は不明だが子猫。オス。

「頼む、これで見つかってくれ」

他には意外と書くものはなく、あとは複合プリンターの出番だ。コンビニでコピーといっても、他の客もいることだし、時間もかかる。それならば、愛のお気に入りの機器を利用すれば話が早い。Ａ４のコピー用紙は、愛の以前の仕事上かかせなかったことから、何千枚かのストックがあった。この機器では、一度のコピーや印刷で百枚程度が限度なので、命の言う千枚は、やけに手間を取る。が、大事な光のため、費用や手間などを嘆いていられない。

　この機器は、先ほどのテーブルとは場所が異なり、隅のテーブル上にある。命が着なくなったスペイン製ブランドの柄シャツを被せてあり、あれほどカッコいいからなんて気取って手に入れたのに、傷んでしまえば仕方ない。人気あるハイカラなアプリを用いれば、高値で売れたかもだが、面倒なことはしたくないし、トラブルは御免被る。

テーブルまで移動し、柄シャツを取っ払うと、脇に座り、電源を入れる。十年以上前に購入したノートパソコンとは、ケーブルを外してある。愛は仕事に使ってきた。

光を探したり、あれこれと印刷などをしていたら、深夜になってしまった。ちょうど千枚の印刷を終えた。今頃、光は、恐怖と冷えで、ぶるぶる震えてるんだな、と思うと、あのとき、命が怒りをぶちまけてしまったのは、人間として、してはいけない行為なのだ。繰り返してはいけない。失敗は成功のもとだ。

「とりあえず印刷は終えたよ。早朝から配るよ。早いほうがいいに越したことはないよね」

「積雪があるだろうし、体調の管理はしっかりしながらね。あたしも行きたいけど、あんたには、本当に申し訳ないね」

「いいよいいよ。お母さんは外出すると生命の危機に直結するし、万が一、事故に遭ったりしたら、みんな共倒れだ。今すぐにも配りたいけどね……今頃、どこにいるんだろう。どこかの家にちょこんと入り込んで、家族の一員になって可愛がられてたりしてね。ちょうど俺たちんとこ来たときみたいに」

「そうだねぇ。光とは運命の出会いだったね。でも、あたしたちの子だよ」

「必ず連れ戻す！　じゃ、早起きするから、今は寝ておく」

愛は、命の煌めいた顔に、頼もしさを感じた。

「お願いするね」

命は不思議と寝られた。ショックと緊張で眠れないことを予期していたのだが、クリスマスプレゼントを愛に受け取ってもらえないどころか、光を失いかけてしまったこと、ともに過ごしてくれる人がいないことなど、それらを総括して、希望する意思を貫けそうになる夢でも見たい願望を持って睡眠に入ったはずだ。だが、お父さんや光からの波動は来なかった。結果的に楽しい内容でもいいので、無意識のカテゴリーに入り込んできてほしかった。それすら叶わないのは、命としては、灰色の夢だった。映像として見えない、音声として聞こえない、ただひたすら、夢が灰色だった。あまり気持ちのいいものではなかった。それでも、いちおう、熟睡はしたようだ。悪夢ではないことから、そこまで気分的に悪くはないが、その範疇に属していた。

寝る前のスマホのアラームのセットさえ忘れてた。不思議と起床は早かった。灰色の夢が終わりを告げた。スマホで時刻を確認すると、二時間しか寝ていない。疲れがたまっている。

かけていた電気毛布や掛布団を剝ぎ取り、急いで食事や歯磨きなどを済ませ、防寒対策として、しっかりと厚着し、紺色のビジネストートバッグに千枚のプリントを詰め、財布やスマホ、Ｗｉ－Ｆｉの接続機器なども入れて、準備万端。光のため、平和の戦場に赴く気分だ。千枚だから千件の家庭の郵便受けに投函させてもらう。最低のノルマが千枚。最高でも千枚。配り終わるまで何時間かかっても、ここから抜け出すことは不可能だ。それも、命が作り出したもので、責務を果たさなければならない。

愛へ挨拶し、意気揚々と自宅を飛び出たが、足元には積雪があり、何しろ、朝の四時。光は、どこでこの寒さと飢えをしのいでいるのだろう。悪いのはすべて俺だ。俺の命に代えてでも、光を助け出す。命は、そう決意した。

とにかく生きていてほしい。それだけだ。光も強い猫だ。その強固な意志を持ったはずの光は、宇宙家に来る前は、数々の修羅場を潜ってきたはずだ。本来、野良猫という存在は、すべて、人生というより猫生だが、完膚なきほど叩きのめされてきた過去を持って、愛してくれる飼い主を自ら選択し、売り込む。それらをまっとうして、飼い主とのオーディションに合格して、ようやく家のなかに入れてもらえる。

スピリチュアルでいえば、人間と猫でも、ある程度、近い意味でのソウルメイトだ。出会う意味を設定して、巡り合うように生まれてきた。

近所からばら撒き始めた。昨晩に顔を出した場所まで、後悔のないよう、集中しながら確認し、投函する。近距離から情報を掴めれば、早いに越したことはない。そうだ、駐車場などはどうだ。近辺の小さな神社辺りはどうだろう。昨日いなくても、今は軒下で、寒さをしのいでるかもしれない。小走りで様子を見に行く。その途中でも、一軒一軒、プリントの投函は忘れない。

お昼を過ぎた。風邪気味だった命は、朝食も満足に摂らなかったため、疲労と空腹に打ちのめされた。

プリントもようやく配り終え、納得がいかなくとも、とりあえずは、この場を去る。千枚も投函して、まったく意味のない現象が、目の前に展開したらどうするか。誰かが見てくれて、自宅に電話してくれるのか。自分で見つけられる衝動が抑えきれなくなっていても、どこか遠い遠い、宇宙家よりも素晴らしい飼い主を探すために逃亡したのか。二か月ほどしか一緒にいれなかったが、過去世から縁があって、重宝してきたのに、何が不服だったのだろう。命は悲壮感に暮れていった。

近所のコンビニのトイレに寄って、弁当や緑茶などを買ってから帰宅した。愛に報告しづらいが、千枚配ったことに対し、評価してほしい願望は少なからずあった。が、いい年をして、小学生でもあるまいし、褒めてくれとは言えまい。

状況を愛に報告した。驚くことさえない内容なので、相槌を打つのみだった。今日のことについてのお礼は述べてきた。

お昼を終えれば、また、光を探す旅だ。見つかるまで永遠に繰り返されるゲームだ。それも、ゆるゆると終焉が近づいていった。

愛は命に対し、謝罪をする覚悟をし、命に近寄った。

すると、諭すように、速度を落して、話し出す。

「命にはすまないこと言っちゃったね。プレゼントはさ、受け取ってすっごく嬉しくなるのよ。けどね、こんな年になってしまって、いつ死ぬかもわからない。渡してくれたそのとき、ぱたんと死んだらどうする？　価値の暴落したプレゼントになってしまうのよ。心が込もっているかもしれないけど、意味なく終わるときもあるのよ」などと少し視線を落し、申し訳なさそうに語る愛。

対する命は、

「そういった内容は受け入れるよ。俺にしたって馬鹿じゃない。それ相応の対応は心がけているし、迷惑のかからない範囲でやるだけだ。でもね、お母さん、生きてるときしかプレゼントって渡せないものなんだ。いつ死ぬかが問題じゃなくて、生きてる間に渡せるかが、一番なんだ。だから受け取ってほしいんだ」と必死に投げかけた。

「あのダウンコート、高いブランドなんだろう命？　お金のないあんたは、どこでそんな額を用意したの？」

「あれは、そこまで高価なブランドではなくて、海外のだけど、デザインがかっこいいうえに、機能性や防寒性に長けていて、生涯着まわしても、何も恥ずかしくはないから、お母さんにいいと思って、綺麗な店員さんに手伝ってもらって選んだんだ」

「そっか。じゃ、ありがたくちょうだいしておくね。ごめんなさいね、命。あたしが悪かった」

愛は軽く頭を下げた。

3．愛の異変・再会・結実

ついに大晦日だ。大晦日といえば、紅白歌合戦だ。コタツに潜りながら冬蜜柑をほおばり、家族水入らずで紅白を見る。視聴率が低下しても、見過ごすなど許されない日。誰からも強制されることはないが、宇宙家では、やはり、紅白だ。その年の大ヒット曲を、ＦＭやテレビで視聴していた過去を思い起こす。あの頃は、人生が煌めいてた。お父さんが丈夫なときには、大掃除してから生寿司などを食したり、楽しかったあの日。すでに過去になってしまったが、愛と命と光の三人で祝いたかった。

今年の宇宙家を象徴するように、窓の外は暴風雪だ。クリスマスイブから、一家の動向は変容してしまった。悪いほう悪いほうへと一直線に突っ走ってしまった。それも、今日は忘れてしまいたかった。

光は、どこへ去っていったのだろう。ほんの短い間だったが宇宙家を席巻し、至福のときを味わわせてくれた。運命的な出会いから別れまで、心を揺さぶり、各々の人生を鼓舞して去っていった。与え、与えられるような、ハーフハーフの関係ではなかったのか。あのときの親子は、全力で、絶えず愛情を注いでいた。

だが、どれほど愛したとしても、残りの生涯で、煌めくことはないと、灯は消えかかっている。親子の生活は、光の逃亡のショックで、うつ状態のようになってしまった。会話さえなく、テレビを見て笑いあうこともなくなった。短期間に愛は老け、命は頬がこけるほどになってしまった。そんな毎日になってしまったことにうんざりし、責任を感じた愛は、沈黙を守っていたが、命の人生の悲観を自らの責任と決めつけ、命と話し合いの場を設けた。

今年最後の七時のニュースを見ずに、つけていたテレビを消し、座布団さえ敷かずにカーペットのうえに座ると、それぞれの顔を見合った。

「あたしは、あんたを心から愛してるつもりだ。でも、あんたが不幸なのは、母親であるあたしの責任だ。息子が不幸なのは、親であるあたしの育て方に問題があったからだ。いっさいの責任はあたしが取る。クリスマスプレゼントさえ拒否したあたしだ。あたしは、残りの生涯を通じて、十字架を背負って生きねばならない」

何の話かと思いきや、まさかまさかの内容と展開に驚いた命は、

「お母さん、何を言う？　俺は、亡くなったお父さん、そして、お腹を痛めてくれてまで産んでくれたお母さんを、心から愛してる。尊敬もしてるし、なにより感謝してる。クリスマスプレゼントなんかはどうでもいい。不幸なのは、いい年をしてだらしない、この俺の問題だ」と言い返す。

「いやいや。あたしも、こんな年になった。不幸中の幸いで、ボケてはいないけれども、後期高齢者なんて言われて久しいし、これ以上、長生きできるはずもない。あんたには本当に迷惑をかけたし、申し訳ない気持ちでいっぱいだ。今後は、あたしのことなど頭から離して、一緒にいてくれる人を早く見つけて、少しでも楽しい人生を過ごしなさい」

命は、ただひたすら涙を流しながら聞き入ってた。頬を伝っていったそれは、焦げ茶色のカーペットに消えていった。お母さんのせいじゃない。俺だ。俺の人生がつまらないのは、自業自得。受け入れているよ。そう言いたかった。二人は、それでも、まだ、しつこいほど光のことを考えていた。外は荒れ狂ってる……。

話し合いは終わったものの、しばらくは、ぼうっとして、立ち上がれなかった命。こんな人生なんて……。お父さんが他界してから、宇宙家の人生設計は、かつてなかったほどに暴落し、辟易するほど地に落ちた。人生は山あり谷ありというが、谷ばかりで山がない。平坦な陸地はどうなのか。

こういう日だから、必要以上に頭を悩ますのはやめて、紅白でも見ようぜ、と愛に言った。うん、つけて。あたし、これから晩飯だよ、あんたはもうとっくに終わってるね、などと言葉を交わした。

この家族の毎年恒例の大晦日の過ごし方、それは、ダラダラ感だ。ただひたすらだべりあって、ダラダラしながら紅白を見る。それが最高の娯楽。年末の紅白ときたら、とりわけ見たくも聴きたくもないミュージシャンでも、つけっぱなしにしてるだけで堪能できるのが強みだ。一年を通して最後の日、それも数時間を残してダラダラ過ごす。そうやって生きてきた。

テレビという現代の電気箱のなかから、音声などが、つけっぱなしになってれば、視覚や聴覚にすんなり入り込んでくるが、大トリが近づいてきたときに、年の瀬感が、いちだんと強烈に体の内面に入ってくる。その押し迫った一瞬を思いっきり堪能する儀式を、今、終えようとしていた。

本来なら、もう一人いるはずだった。お父さん以来せっかく増えた家族の一員のはずだった。今年一番嬉しかったことと悲しかったことが、たとえ猫一匹であっても、この親子としては、命を賭けて愛する対象者だった。対象物ではない。物ではない。命を賭けるという語句は、それ以下のランクには、とうていならない。数え上げることすらない。この親子は、今どきの人間とは明らかに素材が違う。愛する行為を口に出せるだけでなく、実行可能な人間たちなのだ。宗教的な愛とは違い、スピリチュアルな愛。同類のようで、そうではない。中身のいっぱい詰まった感情や技術の結晶であり、賜物だ。

「今年はいろいろあったね。光のことが気がかりだよ。あれほど探したうえ、プリントをばら撒いても見つからなかった。積雪もあったし、真冬の気候になってしまった。どこかで生きててくれるよ。ここんちに初めて来たとき、サッシをこんこん叩いて、積極的に飛び込んできたじゃん。今頃、猫好きの人たちに可愛がってもらってるよ」と命が笑みを浮かべると、

「素晴らしい人たちにね！」と愛も似た動作をする。

「うん。いつかどこかで、また会えたらいいね。未練が残るけどね」

「本当に、いい子だった。いい子で可愛くて」

愛は、そう言いながら、涙を堪えていた。命もそれに気づいて、うつむいてしまった。失うことの苦痛に、この親子は耐えられそうになかった。

紅白も終わり、いつの間にか、新年を迎えてた。

「命もさ、新しい年を迎えたことだし、光のことは、いったん忘れて、新たな目標などを設定して、走り出そうね」

「わかってる。無理は無理でも仕方ない。縁がなかったんだ。……俺、もう寝る」

「うん。ゆっくり休んでね。お休み」

命も、お休み、と返し、居間を出て、自分の部屋に向かったようだ。疲れは昨年で終えて、新年なんだよ、新年。いつまでも引きずらないようにね、と愛は心のなかでツイートした。愛も早めに寝た。

元日としての二人は、珍しく遅い起床だった。いや、実際は、お父さんが他界してしまったので、このような感じになってしまった。郵便受けを確認する。年賀状もほとんど来ない。寂しく、社会から孤立してしまった。お父さんも、精神宇宙で嘆いてるかもしれない。

「おはよー。じゃなかった、明けましておめでとうございます。今年もよろしくお願いします。さっそくだけど、久しぶりにお年玉ちょうだい」

いい年して何言ってんの。命の悪態に笑って返す。

「今年こそは仕事に就いて、彼女さん作りなさい」

そうだな～～と命が返すと、愛は、自らの異変に気づいた。

「ちょっとぉ命！　目！　目が！」

「どうした？」

「目が見えない！　あぁ、どうしたことだろ」

「救急車、呼ぼうか？」

「救急車なんぞ呼ぶな！　病院なんて行かんくていい！　呼んじゃだめだよ。呼んだらマジで怒るよ」

「何で？　手遅れになるかもしれないだろ」

で最も愛する母親の危機に面して、これほど無力であるとは。穴があったら入りたい、穴がなければ見つけたい。心境を伝っても、込み上げた衝撃が、現在の宇宙家の大黒柱である愛を、激しく、真上から完膚なきほど叩きのめした。腹が立っても、残りの生涯を通しても、やりきれない痛みが、ここにある。

その痛みを両足とともに引きずりながら、階段を上がり、自分の部屋に着くと、開いていたドアを閉めた。これほどの羞恥があるのか。自らの母親である愛のために、何とか運命を突き動かしてあげたかった。お腹を痛めてまでして、この世に出迎えてくれた恩人に対して、あまりにも、犯罪行為を起こしているようだった。亡くなったお父さんにも悪いし、母親に対しても、裏切り行為のようであった。

あれだ、あれ、あれ。命がまだ幼く、お父さんも愛も、健康で、仲睦まじかった頃に、頻繁にレコードで聴いてた、あの曲。CDを買っておいてよかった。十年以上前に、ハードディスク内蔵のコンポを買った。そのハードディスクにインストールしておいた、あれ。親子で視聴してた、あの曲。昭和における、往年の大女優のヒット曲だった。

リモコンを使って電源を入れ、簡単な操作で曲を確定し、再生を押した。曲が流れ始める。

母親をイメージした、少し暗い出だしから始まり、優しい声が流れる。昔から誰もがイメージする歌詞が、メロディーとともに奏でられ、聴く相手に涙を連想させる。お母さんへの愛情を鼓舞しながら歌い上げている。

一度、通して聴いた。さすがに泣けてきた。お母さん。リモコンを操作し、もう一度。下の階にいる愛に聞こえないように嗚咽する。涙腺が崩壊状態になり、それでも聴く。もう一度。愛との初めての記憶。胎内にいた頃の記憶は残念ながらないが、幼稚園に入り、送迎バスで帰宅する際、指定の場所で、雨の日も、風の日も、熱中症になってぶっ倒れそうな日も、バスが遅れて凍えそうな日でも、毎日、必ず待っていてくれた、お母さん。歌詞の内容が、必ずしもそうではないが、お父さんとはまた別の、母性を兼ね備えた愛情を精一杯傾け、愛してくれた。お母さん、愛しているよ。お母さん、ありがとうございます。どうか、神様、お願いします、お母さんが失明などしないようにしてください。神様なら可能なはずです。お願いします。お母さんを助けてあげてください。お願いします。お願いします。お願いします。何度も何度も、繰り返し繰り返し、祈りを捧げた。

両手で拭いていた涙も流れをとめ、腕時計で確認すれば、三時間が過ぎていた。お母さんは起きただろうか。命も母親思いだ。必死だった。

それからというもの、愛の症状は、悪化の道を辿り、眼科へも拒否し続けたため、治るものでもなかったかもしれないが、主張するように、見えづらい日が続いた。そのため、引きずられた形になった命もうつ状態になって、二人で引きこもりみたいになってしまった。愛は覇気がなくなり、気の毒だ。命が外出するのは、早朝の一度だけで、近所のコンビニだ。早起きするのが日課のため、四時過ぎには起床し、朝食を摂ってから、ごみ捨てに行く。これは一家の義務でもあるので、行かないわけにはいかない。その帰りにコンビニに寄るのだ。その時間帯は、弁当だけでなく、菓子パンもおにぎりも少ない。トラックで来ない頃なのはわかりきっていることもあり、そのときその場にあるもので納得して買っている。その頃は、男性のオーナーさんしかいない。いらっしゃいませ、は言ってきても、朝の挨拶などは、お互いにしない。常連客でも、コンビニなら、そんなものだ。

一日分の弁当や菓子パン、おにぎり、缶コーヒー、レンジでチンする焼肉、肉まん、ピザまん、パスタ、炒飯、それらを二人分。足りなければ、遠くても、別のスーパーまで足を運ぶ。

帰ってきては缶コーヒーを飲みながら菓子パンを食べ、スマホで動画を見たり、あまり褒められない行動に終始してる。愛は奥の自室から怒鳴り声をあげたり、光のいた頃とは縁のない親子になってしまった。何がどうしてこうなったのか。あれだけ温厚で、動物好きで、慈悲の精神に長けていて、愛情の主のようだった二人。本当に破滅に向かっているのか。神も仏もないものか。

そんな日がしばらく続いたが、底が見えない。

今年は、過去にないほどの暖冬で、それはここ新潟市でも同様だった。四年前から三年前にかけては、この区域でも、過去にないほどの大雪で、過ぎてしまえば、結局は、暖冬になっていた。昨年も今年同様、暖かい冬だった。

それでも、今日は土曜日で、大寒も過ぎているというのに、お日様のご機嫌がいいらしい。陽射しもあり、冷気も取れて、穏やかな日だ。外出に適した日でもある。大暖冬だなこりゃなどと小声を発しながら、久しぶりに駅前のコーヒーショップまで歩いた。

モーニングCセットでアイスコーヒーのLサイズ、そしてアップルパイを飲食しながら、二時間近く動画を閲覧した。何度もトイレに寄ってから、帰路に就いた。慣れた道を自宅まで、行くときとは真逆に歩いた。好んで着てる、ベージュのベルテッドコートの前をはだけ、得意げになって歩く。

お母さんの調子はいつになるとよくなっていくのだろう、などと希望を持つことにより解決するのだ、と思考を巡らせた。

県道を通り、普通に歩けば十五分で着く距離なのだが、今日は温暖な気候のために、ゆっくり歩いた。

自宅が見えてくる距離になり、少し歩を速めたときだった。四十メートルほど前方に、右半身を手前に向けて、ふらふらしてる人物が、目に映った。白いものが頭に飛び散った髪型で、粗末な服を着た高齢の女性が、県道を突っ切ろうとしてる。愛だった。危ない！直感で思った。母親がピンチだ。瞬間的に神に祈った。もうだめか？　手遅れか？　なぜ、そこに？　交通量が少ないとはいえ県道なので、速度を上げている自動車は多い。日中でも、愛としてみれば、陽の光すら感じにくく、ほぼ闇のままに視界が拓けてるのだろう。命は、鉛を練り上げたかのように絶叫した。それは、意味不明に、周囲に響き渡った。状況を把握していない、ただの通行人なら、何が何だかわからなかっただけで、この舞台の幕引きを迎えてしまっていただろう。

そのときだった。百獣の王が獲物に向かって突進するように、自動車に轢かれることに恐怖を微塵も感じることなく、車道の母親に向かって走り込んだ、風のような物体を見た。光だった。それも、薄汚れて変容した光だった。どこでどうしていたのか、粗雑な毛並みが、逃亡していた近況を物語っているかのようだ。どこかにいたらしい光は、車道に母親を、距離のある場所から目で追っていたのか?

死を覚悟している存在は強い。死を恐れずに前進し、目的を達成する。それらを考慮しても、久しぶりに命は、光の姿かたちを見ることができて、興奮するとともに、懐かしい思いがした。

その光は、命が思うに、とにかくいったんは、思考を停止することを心がけながら、それでも、自分を救ってくれ、恩情を与えてくれ、ご飯を出してくれ、そして何よりも、愛情を傾けてくれた愛を、たとえ我が身の命を失おうとも、恩返ししなければならないと、その一心で、行動に移したのだろう。

世間で騒ぎ立てられるような、うわべだけの人間性を強調して突拍子もない発言を繰り返す著名な人物より、人間本来の慈悲の精神を持った、素晴らしい愛が助かるのなら……と。

衝突しそうな瞬間から解放されるように、愛は、背後から光に体当たりされ、体勢を泳がされながらも、前のめりに倒れ込んだ。痛いっと、命まで声が届く。ぎりぎりセーフで助かったが、悲劇は愛ではなく、光に起きた。車高の低いクルマの減速が間に合わず、光の横腹から全身にかけて、容赦なくぶつかっていった。言葉もなく十メートルは吹っ飛び、全身を強く歩道に叩きつけられた。傍観していた命は、またもや狂った言葉を瞬間的に発し、倒れた愛も、打ちどころが悪かったかはわからないが、三者三様の悲劇が、彼らを襲った。

命は本能的に愛のところまで全速力で走り寄り、しゃがんで顔をのぞき込む。

「お母さん！　大丈夫？」

「あ、あぁ……よく見えないけど、命だね。あたし今、何されたの？」

「轢かれそうになったんだよ！　頭は打たなかった？」

「いやぁ～～コンビニ行こうとしてさ、あとの記憶がないわね」

奇跡的に頭を打ったりはしなかったようだ。意識もしっかりしていて、うつ状態に入り込む前の愛に戻っている。

「うんうん。痛っ。手のひらを擦りむいちゃったけど、出血のほうは、特に……。それにしても、背中から押されたような……」

「出血もないね？」

「よかったよかった！　本当によかった！」

今のところ、命は、ホッとすることができた。精密検査が必要になってくるだろう。あれほど拒んでいたダウンコートを着ていてくれた。タグなどは取らぬままになっている。そうだった。光を忘れてた。誰かが呼んでくれた救急車が一台来たところで、とにかくサイレンが小うるさい。救急隊員が降りてきて、愛の体調を気遣い、いろいろ質問し始めた。

光はどこだ？

吹っ飛ばされた光は、命の十メートルほど右側で、横たわっている。元々、白かったところや、可愛らしかった赤い首輪までが小汚くなって、さらに鮮血で、どろどろと塗りたくられたような、かわいそうに、見るも無残に変わり果てていた。死んだのか？　死んでしまったのか？　これでお別れなのか？

近くのコンビニからも多数の客が出てきたうえ、県道はクルマで溢れ、近所の知り合いや野次馬が増えて、人だかりができている。

命はしゃがんで光の顔を凝視した。開けっ広げた口から、大量の汚物をダラダラと吐き出している。つぶれかけた顔を命に向けて、うつろな右目から視線を投げている。微かな意識はあるようだ。

——随分と探したよ。あれから、どこ行ってたんだい？

（ごめんなさい。ぼくに問題があったんだ。命さんが怒ったからびっくりして逃げちゃったけど、戻ろうと思えば戻れたんだ。じつは、生き別れになった、ぼくのお母さんを探してたんだ。命さんと愛さんの仲があまりにもよかったから、ぼくも自分のお母さんを思い出して……。あれから探したよ。死んだ気になって寝ないで何日も何日も、泣きながら探したよ。命さんが叫びながらぼくを探してくれてたのも、見かけてたんだ。隠れてて、ごめんなさい。それに、ぼくは、命さんや愛さんからも、大切にしてもらった。感謝してるよ。些細なことのようでも、ご飯をもらったり、遊んでもらったり、本当に素晴らしい時間を共有させてもらった。ぼくはこの物質宇宙から去って精神宇宙に戻るけど、とにかくお礼が言いたかった。本当にありがとね）

――光のお母さんは見つかった？

（逃げてからしばらくして、神社の境内で亡骸を発見したよ。腐敗してたからショックだった。自分を産んでくれたお母さんだから、見ていられなかった。だからこそ、愛さんに何かあったら、我が身を投げ出そうかと思うようになってさ。おうちに帰っても愛さんがいなかったから、道路のほうを見たんだ。そしたら、愛さんが車道に出ていって……。手遅れにならないよう、祈りながら猛然と当たっていったんだ）

――身代わりになってくれたのか。礼を述べなきゃならない。ありがとう。本当にありがとう。

（こちらこそ、ありがとう。助けてもらって、楽しく、意義ある生活にしてくれて、本当にありがとうございました。あぁ。そろそろだよ。あのときが来たみたいだ）

――お別れが来たのか？　病院に連れてけば、絶対に助かるぞ！

（神様や、ぼくのお母さんが迎えに来てる。ぼくには見える）

――最期なのか。楽しい日々をありがとう。光が光に戻るときが来たんだな。俺もまた、光に戻るときが来るんだ。そのときまで光には会えないけど、精神宇宙で再会して、輪廻して生まれ変わって、またこの物質宇宙で会おうな……。

（うん！　本当にありがとうございました。上から見守ってるよ。それまで、お元気で！）

——元気でな。ありがとう。ありがとう。ありがとう。ありがとう。ありがとう。

会話は済んだ。光の目に覇気が感じられなくなったのを命も感じ取った。頭部を歩道に横たえたまま、全身から力も抜けていったようだ。命が最後に送った波動は届いたようで、以後、何度送っても、返事は来なかった。

命は、変わり果てた光の頭や体を、何度も何度も撫で続けた。手のひらが汚れても構わない。愛情で支えあった、煌めきの証。

ふと我に返り、愛のほうに目を向ける。意識はあるようだ。擦りむいただけだし、打撲したくらいの可能性はあっても、奇跡的に、骨折もないようだ。救急隊員に対しての受け答えも、申し分ない。いつの間にか、パトカーまで来ている。これから一緒に救急車に乗せてもらって、愛は、短期間であろうが、入院し、目の手術を受ければ見えるようになるだろう。光の亡骸も引き取って、ペット霊園で埋葬してもらう。路上は戦争になっている。

お父さんは、破滅に向かってると波動を送ってきた。愛、命、光、すべての存在が危うくなっていくと言ってたようだが、こういう形で結実した。
命は、救急車に乗り込もうとして、うっかり頭を当てそうになった。そのついでに頭上を見上げると、晴天になっていて、すべての苦悩が、完膚なきまでに払しょくされているかのようだ。春のような、とびっきり青空が透けて見えて、なにより美しい。太陽は独特の色彩に包まれ、特に暖かく感じる。命は、左手で日光を遮ると、微笑んだ。そして両目から涙が頬を伝っていった。

（終）

あとがき

我輩は清掃人じゃ

小児麻痺を患った男性が活躍する、少し破天荒なコメディーです。主人公は、年齢を重ねても、いまだに人生が見えませんが、労働する意志や笑いの精神を絶やさず、捨てられた子猫を家族として可愛がり、生活をともにする。最後には、障がいがあろうとも、試練を乗り越え、彼なりの夢を叶える。その結果、幸福な生活を手に入れる。

作品に描かれた、私の最もこだわったテーマに、どのような感想をお持ちになったでしょうか。

タイムマシン・デイドリーム

これもコメディーで、八〇年代に大好きだったロックミュージシャンや、好みの女性とカラオケに行けたらいいな、などとシンプルな発想から、書き上げました。

愛、命、光。

私が九年ぶりに作家を志そうと、自らの生活を変容させて、久しぶりに小説を打つことの意義を確認するための作品でした。

「愛」があって、「命」があって、「光」がある。「命」は「意識」とも取れます。スピリチュアルの書籍を読んで、自分なりに宇宙が何で構成されているのか考えさせられ、こういった形で、作品化させていただきました。

ご挨拶

はじめまして。この度、幻冬舎メディアコンサルティングより自費出版デビューさせていただいた、ホモ・サピエンスと申します。変わったペンネームだと思われた方がいらっしゃるでしょう。

愛称は、「ホモちゃん」です。そう呼んでいただければ幸いです。

今作品を手に取ってくださったみなさま、本当にありがとうございます。そしてみなさまとご一緒に、もう一度とはいわず、二度でも三度でも、また、お会いしましょう！

〈著者紹介〉
ホモ・サピエンス
1966年、新潟市に生まれる。
自己啓発的でスピリチュアルな作風を中心に邁進いたしますので、
次回作以降も、乞うご期待！

我輩は清掃人じゃ

2023年8月16日　第1刷発行

著　者　　ホモ・サピエンス
発行人　　久保田貴幸

発行元　　株式会社 幻冬舎メディアコンサルティング
〒151-0051　東京都渋谷区千駄ヶ谷4-9-7
電話　03-5411-6440（編集）

発売元　　株式会社 幻冬舎
〒151-0051　東京都渋谷区千駄ヶ谷4-9-7
電話　03-5411-6222（営業）

印刷・製本　中央精版印刷株式会社
装　丁　　弓田和則

検印廃止

Printed in Japan
ISBN 978-4-344-94577-7 C0093
幻冬舎メディアコンサルティングＨＰ
https://www.gentosha-mc.com/